À table avec Heidi - 50 recettes gourmandes

アルプスの少女ハイジの料理帳

イザベル・ファルコニエ、アンヌ・マルティネッティ

金丸啓子［訳］

Isabelle Falconnier, Anne Martinetti

原書房

目次

第1章　デルフリ村 ——61

レシピ

第4章　ハイジの国で —— 127

レシピ

凡例

 下ごしらえ

 休ませる時間

加熱時間

 人数

皿、うつわ

 個数

型のサイズ指定がない場合は、お手持ちの型を使ってください。焼き菓子の生地は、型の4分の3の高さまで入れるときれいに焼けます。

レシピ種類別目次

まえがき

　　　　クリスマスにハイジの物語の全集をもらったのは、わたしが9歳のときでした。1958年にフラマリオン社から出版されたこのシリーズは、20年経っても不動の地位を占めていましたから、大好評を博したのでしょう。7巻からなる全集の第1部から第5部では、山に暮らす女の子がおばあさんになるまでが描かれていました。あとになって知ったことですが、第6部と第7部の物語については、ヨハンナ・シュピリがすべてを書いたわけではありません。当時のわたしは、片手におやつやパンやチョコレートを絶やさず、もう一方の手には青い表紙の本を抱えて、むさぼるようにページを繰り、最後まで読むとまたすぐ1巻に戻って読み直したものです。あれから40年が過ぎましたが、『フェイマス・ファイブ』や『少女探偵ナンシー』、アガサ・クリスティの推理小説とならんで、ハイジの本は今でも文章をそらで言えるほどのお気に入りです。たとえ親を失っても、ほとんど身ひとつでも、自分を磨けば立派な人間になれるという教訓は、児童文学が与えてくれる偉大な恩恵なのです。『ハイジ』とほぼ同時期に幅広い世代の読者を引きつけた、エクトール・マロ［フランスの作家］の『家なき子』が思い出されます。もっとも、わたし個人としては、主人公が女の子だという理由から、マロの書いた『家なき娘』のほうに強い愛着を感じています。

　　当時のわたしは、本に出てくる昔の食べ物や、子どもたちの食事について調べることに夢中になっていました。また、一日の大半を古めかしいかまどの前で過ごしていた祖母が、料理を教えてくれました。長くつ下のピッピやハイジ、『若草物語』のマーチ姉妹など、好きな小説のヒロインたちが食べたりつくったりしていた物を、自分でもつくってみたくなったのです。最初はクッキー、クレープ、ワッフル、フルーツのタルトなど、簡単なものばかりでしたが、やがてそうしたお菓子や食事をもっと掘り下げるようになりました。『ハイジの微笑』で子どもたちが

食べていたスイス産プラムのタルトは、『ちっちゃな淑女たち』に出て
きたタルトとは違うのでしょうか？　当然です。小麦粉もプラムの種類
も違うのですから。ハイジがいた頃、マイエンフェルトやラガーツでは
どんな作物を育てていたのでしょうか？　名高い温泉地のホテルではど
んな料理が出されていたのでしょうか？　農民は何を食べていたのでしょ
うか？　食事の基本はパンとミルクでしたが、ヤギを飼っている家では
いろいろなチーズも食べていました。その数は昔も今も変わらず、スイ
ス料理遺産協会によると数十種類もあるそうです。ハイジのいた時代に
は、野生の果物、肉、湖で取れる魚も主要な食材でした。

　本書に掲載したレシピはすべて、ハイジの物語から着想を得たもので、
その描写は実際に小説のなかにも出てきます。ペーターのおばあさんの
白パンのように、重要な象徴となっている食べ物もありますが、どれも
身近な材料で簡単につくれるようアレンジしてあります。山に暮らす小
さな女の子のお話は、やがて世界中で知られるようになりました。いか
にも物語らしいこの展開こそが、文学的味わいと記憶の香りという隠し
味となって、本書のレシピに一風変わった趣を与えているのです。

アンヌ・マルティネッティ

むかしむかし
ハイジという
女の子がいた

スイスアルプスの孤児の

胸を揺さぶる

美しい物語

ハイジってどんな子？

　むかしむかしあるところに、ハイジという子がいました。この5歳の女の子は、叔母のデーテに連れられて、スイスのグラウビュンデン州の町マイエンフェルトからさほど遠くない山で暮らす実の祖父のもとにやって来ます。ハイジは孤児でした。大工をしていたお父さんのトビアスは現場の事故で命を落とし、お母さんのアーデルハイトは悲しみのあまり、夫の死から数か月後に世を去りました。周囲から「アルムのおじさん」、または単にじいさんと呼ばれていた祖父に、ハイジはそれまで会ったことがありませんでした。孫が生まれる前から、おじいさんは息子とその妻とは縁を切っていたのです。それ以来、デルフリという村から山を登っていった放牧地にある小屋にこもって、ひとり暮らしをするようになりました。村の人たちは、おじいさんのことを鼻持ちならない人間嫌いだと思っていましたし、恐れてもいました。おじいさんもけっして村まで下りてくることはありませんでしたが、ただひとり、村の人やおじいさんの飼っているヤギの番をしていたペーターのことだけは気に入っていました。デーテはあわただしくハイジを預けると、急いで山を下りていきます。ある裕福な家の使用人として働くため、すぐにフランクフルトに向かわなければならないのです。

　活発で機転が利くうえ、どんなときも前向きなハイジは、おじいさんの心をとらえました。ハイジと暮らすことを受け入れただけでなく、あらゆる予想に反して、すぐにかわいがるようになります。ペーターも、ヤギを連れて山に出かけるときには必ずハイジを連れて行き、ふたりはすっかり仲良くなりました。動物に囲まれ、自然のなかでのんびりと幸せに暮らして3年が過ぎたある日、残念ながらデーテがハイジを迎えに来ます。フランクフルトに連れていって、デーテの雇い主の親戚、実業家のゼーゼマンさん宅で、娘のクララの話し相手をさせるためです。母を亡くしたひとり娘のクララは、体が弱くて歩くことができず、美しい

屋敷で寂しい思いをしていました。フランクフルトに着いたハイジは、山の姿がどこにもなく、見渡すかぎり家と街路と壁ばかりという大都市の生活に衝撃を受けます。それでも、いくつか年上のクララとは深い親愛の情で結ばれるようになりました。山から来た小さな女の子の活発さ、優しさ、型破りのおもしろさに、クララの心も晴れていきます。とげとげしい態度の厳格な家政婦長、ロッテンマイヤーさんが礼儀作法を教えこもうと奮闘する一方、クララのおばあさまは、勉強に背を向けるハイジに文字が読めるよう手ほどきします。けれども、おじいさんを恋しがり、山での暮らしを懐かしむ気持ちが募るにつれて、ハイジは衰弱し、食欲もなくして、夢遊病の発作を起こすようになりました。あまりの深刻さに、クララの主治医は今すぐ故郷に帰らせるしかないと断言します。こうしてグラウビュンデン州に帰され、アルムの放牧地で元気を取り戻したハイジは、ペーターに字を教えます。なんとかしてクララを山に招こうとしていると、まず主治医が下見にやって来ました。そしてついに、フランクフルトからクララが到着します。同伴したおばあさまは、ハイジとおじいさんのもとにクララを数日預けることにしました。その後、奇跡が起こります。山の空気を味わい、自然のなかで過ごし、体にいい食べ物のおかげで見違えるように元気になったクララは、自分の足で立ち、目を丸くするおばあさまとゼーゼマンさんの前で歩いてみせたのです。

ヨハンナ・シュピリ の人物像

ヨハンナ・シュピリは謎めいた人です。児童文学というジャンル
を切り開き、1881年に書いた小説のヒロインは今なお広く知られ
ているばかりか、世界中でもてはやされる人気者になりました。しかし、
作者自身はこうした華やかな成功を望まず、生涯を通じて私生活を明かそ
うとはしませんでした。祖父は敬虔主義の牧師で、カンティクル（賛美歌）
の作曲家でもあり、父は外科と精神科を兼任する医師でした。ヨハンナは
チューリヒ近郊の丘にあるのどかな村、ヒルツェルで7人きょうだいの4番
目として生まれ、子ども時代を過ごします。母マルガレータ・シュヴァイ
ツァーは宗教詩人で、その作品はドイツ語圏の読者に評価されていました。
チューリヒで外国語とピアノを学んだヨハンナは、1844年にヴォー州のイ
ヴェルドン・レ・バンで1年間フランス語を勉強します。ヒルツェルに戻っ
てからは、母を手伝って妹たちの世話をしながら、ゲーテの詩や、ドイツ
の詩人アネッテ・フォン・ドロステ＝ヒュルスホフ、スイスの詩人ハイン
リヒ・ロイトホルトなどの作品を読みふけるようになりました。1852年、
法律家で弁護士のヨハン・ベルンハルト・シュピリと結婚します。夫はの
ちにチューリヒ市の書記官に就任しました。1855年に誕生したひとり息子
は、父親にちなんでベルンハルトと名付けられました。

　結婚後は作家のコンラート・フェルディナント・マイヤー、そして作曲
家リヒャルト・ワーグナーとも親交を結びましたが、ヨハンナは都会での
生活に幸せを感じていませんでした。妻として、専業主婦としての役割に
なじめず、裕福な人々が集う当時の社交界も楽しめなかったのです。憂鬱
に沈み、鬱病を発症し、結婚生活にも母としての日々にも喜びを見いだせ
ない中、やがて書くことに興味と自分らしさと慰めを求めるようになりま
した。1871年に出版された初の小説『フローニの墓に捧げる一葉』は好評
を博します。1878年には『故郷を失って Sans patrie』を発表しました。孤
児である主人公リコが、イタリアのガルダ湖のほとりにある生まれ故郷の
村ペスキエーラに戻り、そこで障害を持つ男の子と深い友情で結ばれると
いう物語は、ハイジの誕生を暗示しているようです。

　ヨハンナ・シュピリがハイジの物語の着想を得たきっかけは、夏になる
と毎年訪れていた温泉地のバート・ラガーツや、南西部に位置するグラウ
ビュンデン州の州都クール、とりわけマイエンフェルトとイェニンス村で
過ごした日々でした。本人の手紙には、1879年の夏にイェニンスで小説を

書き始めたと記されています。おそらく、お気に入りの姪アンナに子ども向けの本を書いてほしいとせがまれて、名付け親のヨハンナは、田舎での子ども時代と、都会の生活になじむ難しさという実体験を主な下敷きに、執筆を始めたのでしょう。こうして1880年、『ハイジの修行と遍歴の時代』がドイツで出版され、高い評価を受けて、すぐに続編の『ハイジは習ったことを役立てられる』が刊行されました。

　1884年、わずか数か月のうちに、長らく病を患っていた息子と愛する夫が相次いで亡くなりました。それからのシュピリは執筆と慈善活動に精を出します。深い信仰心に突き動かされて始めた慈善活動では、私財の一部を投じて貧しい子どもや孤児たちの境遇を改善し、幼い子どもの工場労働を糾弾しました。1871年から亡くなるまでの間におよそ50編の作品を出版しましたが、そのうち約30編が子ども向け、約10編が大人向けで、若い女性向けの本も数編ありました。『ハイジ』の人気は翻訳版が増えるにつれて高まるばかりで、作者のもとには世界の子どもたちから手紙が届き、スイスまで会いにくるファンもいました。

　ヨハンナ・シュピリは1901年に世を去り、チューリヒのジールフェルト墓地の、家族が眠る墓所に埋葬されました。自分について語ることを好まず、成功した作家として興味を寄せられることも望まない、驚くほど謙虚で控え目な人物でした。死を前にして、自分の送った手紙を家族や友人から返してもらい、多くの私的文書とともに破棄してしまったほどです。ベストセラーとなった小説のおかげで、シュピリはスイス人作家のなかで最も有名になり、最も多くの翻訳版を世に出した一方、その他の作品はすべて忘れられてしまいました。なんと残酷な矛盾でしょう。もうひとつの矛盾は、育児に喜びを感じられなかった女性が、結局はスイスで誰からも愛される孤児の「お母さん」になったことです。シュピリの没後100周年を迎えた2001年には、スイスで記念硬貨が発行されました。また、生まれ故郷のヒルツェル村にあった学校が改装されて、今ではヨハンナ・シュピリ記念館となっています。

　　作家ヨハンナ・シュピリ（1827〜1901）は、チューリヒで亡くなる。約30編の児童書を含む多くの作品を世に出したが、ハイジという主人公が世界的名声をもたらした。

『ハイジ』の
シリーズが
人気書となる

ヨハンナ・シュピリによる2部作の成功

シャルル・トリッテンの書いた物語

各国で生まれた多数の続編と翻案

1880年、ドイツのゴータにある出版社フリードリヒ・アンドレアス・ペルテスから出された『ハイジの修行と遍歴の時代』には、「子どもと、子どもを愛する人のための物語」という副題が添えられていました。発売後すぐに評判となったため、ヨハンナ・シュピリは早々に続編の執筆を始めます。そうして1881年、同じ出版社から『ハイジは習ったことを役立てられる』が刊行されました。

　ドイツ語の原題は、ヨハン・ヴォルフガング・フォン・ゲーテの小説『ヴィルヘルム・マイスターの修行時代』と『ヴィルヘルム・マイスターの遍歴時代』にちなんで付けられました。主人公の若者ヴィルヘルムは旅する商人でしたが、演劇の道を志し、行く先々で起こるさまざまな困難を乗り越えながら修業の道を進んでいきます。1796年に出版されたこの物語は、ドイツにおける偉大な伝統、「ビルドゥングスロマン（自己形成小説）」の先駆けとなる作品でした。ハイジの物語も、明らかにシュピリがこの伝統になぞらえて書いたものです。その一方、マーク・トウェインの『トム・ソーヤーの冒険』や、ルイス・キャロルの『不思議の国のアリス』、さらにはドイツ語圏スイスの牧師ヨハン・ダーフィット・ウィースの作品で、1812年にチューリヒで出版された『スイスのロビンソン』とならんで、『ハイジ』は児童文学初期の名作にも数えられ、文学と出版の分野で新たな道筋を切り開いた小説として、その人気は今なお衰えることがありません。

　『ハイジ』を初めてフランス語に翻訳したのは、ヨハンナ・シュピリの誠実な友人、ジュネーブ生まれのカミーユ・ヴィダールでした。熱心なフェミニスト活動家でもあったヴィダールは、チューリヒの高等女学校で教師を務めていた頃にシュピリと出会います。そして1882年、主としてフランス語圏スイスの子ども向けに、ゲオルク社からベルンとジュネーブで『ハイジ』と『続ハイジ』が出版されました。フランス国内では、出版も手がけるプロテスタント系の書店フィッシュバッハ社が取り扱っていましたが、1914年まではひっそりと出回っているだけでした。ハイジのフランス語版小説が評判となったのは、ヴィダールによる翻訳からほぼ半世紀後、フラマリオン社から出版された本がきっかけです。フラ

ンス語訳を担当したのは、ローザンヌ出身のシャルル・トリッテン。野心家で多少ご都合主義的なところもある翻訳者で、翻案者でもありました。

　1908年生まれのトリッテンは、ローザンヌの百貨店内にある書店の店主でした。『ハイジ』の原作をただ翻訳するだけでは飽き足らず、成長して若い娘になったハイジが大人になり、老齢にいたるまでを想像して続編を書きます。こうして、1936年に『若き娘ハイジ *Heidi jeune fille*』、

フリードリヒ・アンドレアス・ペルテス社から出版された原作2巻、左:『ハイジの修行と遍歴の時代』（1880）と右:『ハイジは習ったことを役立てられる』（1881）。

ローザンヌ出身の翻訳者シャルル・トリッテンがフランス語で書き、フラマリオン社から出版された物語、左:『若き娘ハイジ』（1936）、中:『ハイジと子どもたち』（1939）、右:『ハイジおばあさん』（1946）。

1939年に『ハイジと子どもたち Heidi et ses enfants』、1946年には『ハイジおばあさん Heidi grand'mère』の3編がトリッテン作として発売されました。これとは別に、フラマリオン社は1938年、『ハイジの国で Au pays de Heidi』を出版しています。こちらはアルプスを舞台にシュピリ自身が創作した小説4編をトリッテンがフランス語訳したものです。しかし当然ながら、シャルル・トリッテンはヨハンナ・シュピリとは別人であり、スイスでもヨーロッパ全土でも、1930年代から40年代の状況は1880年代とは違います。トリッテンは、若い娘から大人の女性になっていくハイジを、当時の中産階級、道徳、愛国主義の模範に沿ってつくり上げ、精神的国土防衛［2つの大戦間にスイスで始まった、国家の中立と自由を共産主義とナチズムから防衛する文化運動］の理想にかなった完璧な主婦、完璧な母親として描写しました。ハイジはヤギ飼いのペーターと結婚して家庭をつくり、夜には火のそばに座って、スイス連邦の起源となったリュトリの誓い、神話的な英雄ウィリアム・テルの物語や、山の牧場にまつわる美しい伝説を子どもたちに語って聞かせます。5歳の孤児の女の子が、連れてこられた都会を激しく拒絶しながらも、そこで文字が読める驚きと喜びを味わい、やがて山での幸せな暮らしが恋しくなり、おじいさんへの愛情とクララへの友情の間で引き裂かれていくまでの絶妙な描写とは、すっかりかけ離れてしまっています。

　奇妙なことに、スイスとフランスでは、原作に忠実で文学的なカミーユ・ヴィダールの訳書よりも、シャルル・トリッテンの書いた小説のほうがはるかに評判となりました。幸いにもヴィダールの翻訳は、レティシア・ザンクのかわいらしい表紙と挿絵で、2011年にグルント社から1巻にまとめて出版された形で（ふたたび）読むことができます。現代の翻訳では、エコール・デ・ロワジール社から1979年に出版された、リュック・ド・グスティーンとアラン・ウリオの見事なフランス語訳版もあります。表紙と挿絵はトミ・ウンゲラーです。子ども向けには、物語を短くまとめた絵本がつくられました。ひときわ目を引くのは、なんといってもドイツ語圏スイスの作家ペーター・シュタムの作品です。繊細な絵はイラストレーターのハンネス・ビンダーが担当しました。フランス語版はラ・ジョワ・ド・リール社から出ています。

ハイジはフランスだけでなく、世界中をとりこにします。早くも1884年には初の英語版が発売され、やがて70を超える言語に翻訳されました。日本でも1920年には翻訳版がつくられて、他のアジア諸国に広まる基盤となりました。日出ずる国、日本でのハイジ崇拝はまったく予想外のことでしたが、物語の主題でもある伝統と近代化の激しい対立が、当時この国でも起こっていたことを考えると、ある程度は理解できます。また『ハイジ』では、自然は汲めども尽きぬ幸福の源泉であり、絶対的存在を追い求める場として描写されていますが、それが日本人にとって非常になじみ深いモチーフであることも理由となるでしょう。

　どの国でも、翻訳、再訳、改変を重ねるうちに、翻訳者は翻案者となり、同時代の読者の好みに合わせて原作の文章をばっさりと削り、解釈を加え、味わいを薄めてしまいます。こうした現象を見ると、児童文学が長い年月にわたって粗雑な扱いを受けてきたことがよくわかります。ハイジもいわゆる「みんなのヒロイン」となり、誰もが自分の好きなようにつくった舞台で、ありもしない冒険をさせることができるようになりました。それでも、原作の持つアルプスの山の雰囲気をつねに感じさせるのは、作者ヨハンナ・シュピリの才能のおかげなのです。

左：ヨハンナ・シュピリの友人カミーユ・ヴィダールが手がけた初のフランス語版『ハイジ』は、グルント社から1巻にまとめて出版された（2011）。絵はレティシア・ザンク。中：エコール・デ・ロワジール社出版の、リュック・ド・グスティーンとアラン・ウリオによるフランス語版（1979）。絵はトミ・ウンゲラー。右：ペーター・シュタムの文、ハンネス・ビンダーの絵による簡略版の絵本。フランス語版はラ・ジョワ・ド・リール社から出版（2009）。

地図で見る
ハイジ

マイエンフェルト、
グラウビュンデン州の息吹を感じる町

デルフリ、和解の舞台

アルム、地上の楽園

フランクフルト、恐ろしい大都会

続編ではスイス各地を訪れる

ヨハンナ・シュピリがハイジの物語の着想を得たのは、ドイツ語で「ビュンドナー・ヘルシャフト［グラウビュンデン州の領主の土地］」と呼ばれるワインの産地にある町、マイエンフェルトでの日々でした。シュピリはある時期、毎夏のようにすぐ近くのイェニンス村に住む友人宅に滞在していたのです。わたしたち読者が物語のなかでハイジと叔母のデーテに出会うのも、このマイエンフェルトからおじいさんの小屋へと登っていく山道でした。グラウビュンデン州のラントクワルト郡にあって、古い歴史を持ち、絵のように美しい町です。オーストリア、イタリア、リヒテンシュタイン公国との国境線にほど近いスイスの東端、アルプス山脈の中央に位置しています。アルプス地方ではめずらしいことですが、この町の成立は中世にさかのぼります。厚い防壁で囲まれた旧市街や、堂々とそびえるブランディス城とサレネッグ城は、スイスの国定重要文化財に指定されています。生産されているワインは、マイエンフェルト最大の収入源です。ザンクト・ガレン州にある隣町、バート・ラガーツは、すでに19世紀にはたいへんな人気を誇る温泉地でした。『ハイジ』では、クララとその家族は常連客として描かれ、シュピリ自身も病弱な息子をたびたび連れてきていました。

　物語のなかでは、ハイジの亡くなった母アーデルハイトの妹、デーテの生まれ故郷はデルフリとなっています。平地のマイエンフェルトとおじいさんが暮らす山の放牧地の中間にある小さな村です。しかし、ドイツ語で「小さな村」を意味するこの村は、実際には存在しません。デルフリには牧師のいる教会、先生のいる学校、泉、石造りの家など、村の人にとって必要な施設はすべてありました。シュピリはこの村を描くとき、イェニンス村を参考にしたのではないかと言われています。

　アルムは、デルフリ村から少なくとも徒歩1時間のところにあります。山に囲まれた放牧地で、山小屋にはおじいさんが住んでいます。『ハイジ』での描写は、目を見張るほどの迫力です。「それから45分歩いて、ようやく岩が張り出しているところまで来ました。岩の上に、アルムのおじいさんの小屋があります。そこは四方八方から風が吹きつけますが、ほんのわずかなお日さまの光も当たる場所なので、目の下に広がる谷がぐるりと見わたせます。山小屋のうしろには古いモミの木が3本、長い枝を下向きに伸ばしています。その向こう側には、山の頂上へと続くけわしい斜面が見えます。手前のほうはまだ草地ですが、だんだんと茂みが散

らばった石ころだらけの道になり、最後はただ、切り立ったむき出しの岩がそびえ立つばかりでした」。ハイジの目にも読者にも、アルムは地上の楽園のように映ります。そこには、幸せをくれるすべてがそろっています。簡素な生活、手つかずの自然、楽しげな動物たち、つましいけれど豊富な食べ物、そして愛情。ハイジとおじいさんの心も、またたく間に愛情で結ばれました。

　やがてハイジは小さな楽園から引き離されて、ドイツの都市フランクフルトへと連れてこられます。叔母のデーテは、フランクフルトからバート・ラガーツに来ていた湯治客の世話をした縁で、その湯治客のお屋敷に雇われていました。その頃のフランクフルト・アム・マインは、中産階級が住む都市で、産業革命のただなかで繁栄を誇り、ドイツの政治経済の中心地となっていました。ハイジから見ると、アルムとは正反対でした。小鳥はかごに入れられ、山の姿は見えず、窓からはほとんど空が見えないのです。

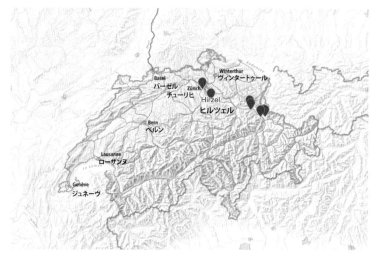

ヨハンナ・シュピリは当時チューリヒに住んでいました。ここも中産階級の集まる大都会で、山とはまったく対照的です。ゼーゼマン家の屋敷をチューリヒに設定しなかったのは、おそらくそのほうが間接的な表現で、より自由に手厳しい描写ができるからでしょう。フランクフルトはシュピリの敬愛する詩人ゲーテの生まれ故郷でもありました。さらに、当時シュピリの本を手がけていた出版社も、フランクフルトから200キロ離れたゴータに拠点を置くドイツの会社でした。シュピリの読者にもドイツ人がたいへん多く、チューリヒよりフランクフルトのほうに親しみと関心を寄せていたのです。

　物語の続編をみずから書いたシャルル・トリッテンは、『若き娘ハイジ』のなかで、ハイジをまずヴォー州のレマン湖畔にある町、ローザンヌへ行かせて、ラ・ロジア地区にある寄宿学校「レ・ゾベピーヌ」に入学させます。卒業後、ハイジはゲンミ峠のふもとにあるヒンターヴァルト村で教師を務め、その後デルフリ村に帰って、かつてヤギ飼いだったペー

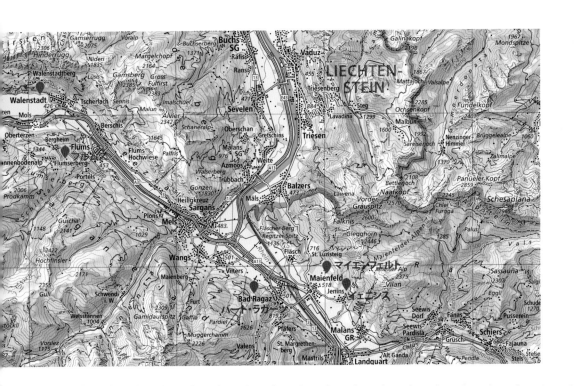

ターと結婚します。『ハイジと子どもたち』では、寄宿学校時代の友人ジャ
ミーがアメリカからハイジに会いに来ます。すでにふたりとも子どもを
持つ身で、ジャミーは第一次世界大戦の時期をスイスで過ごすことにし
ました。それを機に、ハイジは友人にスイス各地を案内します。マイエ
ンフェルトから始まって、チューリヒ、ルツェルン、シャフハウゼン、
伝説に残るリュトリの草原、ゴッタルド峠と恐ろしい悪魔の橋、20年
前にふたりが学んだローザンヌ、絵のように美しいベーの塩鉱山、最後
にはイタリアのガルダ湖まで足を伸ばします。『ハイジおばあさん』では、
ハイジの子どもたちはすでに学業を終え、成人しています。ハイジはも
うデルフリ村を離れることはありませんが、家には村でただ1台のラジ
オがあるので、いつでも世界の様子を知ることができます。娘アネット
は教師になって、休暇には女友だちとルガーノに出かけたりしています。
夏になると、家族全員がアルムへ休暇を過ごしにやって来ます。アルム
は家族にとって世界の中心であり、今も昔もみんなの楽園です。1939年、
ハイジと家族は全員そろって一度かぎりの長旅に出ました。チューリヒ
で開かれたスイス国内博覧会、通称ランディを見に行ったのです。やが
て第二次世界大戦が起き、ハイジはアルザスから避難してきた男の子
ディディエを預かることに決めます。

映像で見る
ハイジ

ハイジが初めて映画のスクリーンに登場したのは、1920年のこと
です。アメリカの無声映画で、主役を演じたのはニューヨーク出
身のモデル兼女優、マッジ・エヴァンスでした。最初の音声入り映画は
1937年につくられました。アラン・ドワン監督の作品でアルプスの少女
を有名にしたのは、誰もが愛さずにはいられないシャーリー・テンプル。
当時すでに、ハリウッドだけでなく全世界に君臨する大スターとなって
いました。ただしこの映画は、おじいさんがクリスマスにハイジを迎え
に行こうとして、グラウビュンデン州からフランクフルトまで歩き通す
など、原作を無視してやや空想に走りすぎているところがあります。ま
た、ハイジがオランダの民族衣装に身を包み、木靴を履いて歌とダンス
を披露したり、着飾った姿でヴェルサイユ宮殿を歩いたり、シャーリー
を目立たせるためだけに創作された場面も出てきます。山の場面はカリ
フォルニア州のレイク・アローヘッド付近で撮影され、スイスの山小屋
として使われたのは極西部にある罠猟用の小屋でした。それでも映画は
世界中で大ヒットし、ハイジはその後、ハリウッドの新人子役がこぞっ
て演じる役になります。

左:アラン・ドワン監督『ハイジ』(1937)
のポスター。幼いヒロインを演じたのは
シャーリー・テンプル。©D.R.

右:ルイジ・コメンチーニ監督『ハイジ』
(1952)のポスター。©D.R.

初めてスイスでつくられた映画、つまりドイツ語版の映画は、1952年にスイスとヨーロッパの映画館で上映されました。監督は子どもを主役にした映画で定評のあったイタリア人のルイジ・コメンチーニ。ハイジを演じたのは子役のエルスベート・ジグムント（フランス語版の吹き替えはフランソワーズ・ドルレアック）、ペーター役はトマス・クラメス、そしてスイス映画界の大御所ハインリヒ・グレトラーがおじいさんを演じています。撮影はエンガディン地方の自然のなかで行われました。1953年の終わりにアメリカで封切られると大きな人気を集め、300本を超えるプリントが4300館で上映されるほどでした。評判を受けて、エルスベート・ジグムントは宣伝のためにニューヨークを訪れます。その際、ハイジの国スイスへの旅を賞品にした一大コンテストが開かれました。1955年には、スイス人監督フランツ・シュナイダーが同じ俳優たちを使って続編『ハイジとペーター』を制作します。ハイジの映画で初めてのカラー作品でした。

　ヨハンナ・シュピリの原作に忠実かどうかはまちまちでしたが、1950年代から60年代にかけて、ハイジの物語はテレビや舞台、ラジオに次々

フランツ・シュナイダー監督『ハイジとペーター』（1955）のポスター。©D.R.

高畑勲と宮崎駿による日本のアニメ『アルプスの少女ハイジ』（1974）の一場面。©Heididorf

と登場していました。しかし、ハイジを現代風にアレンジして新たな息吹を与え、世界中に広めたのは、ある日本のテレビアニメでした。1985年に有名なスタジオジブリを設立することになる高畑勲と宮崎駿、ふたりのアニメーション映画監督が、1話24分、全52話のシリーズ『アルプスの少女ハイジ』を制作したのです。高畑勲と制作スタッフは、アルプスの風景や村、動物や山小屋から着想を得るため、グラウビュンデン州に1か月滞在しました。1974年1月から12月までフジテレビ系列で放映されたアニメは、世界で類を見ないほどの人気を呼びます。日本ではカルト的に崇拝され、熱心なファンは山梨県につくられた「ハイジの村」へ続々とつめかけ、さらにはスイスへと向かう人たちもいました。ハイジ熱はまずアジア各国に広がり、南米諸国でも同じように大歓迎され、世界中の新世代の子どもたちが、ヤギといっしょに跳ねまわるハイジに熱中するようになります。ヨーロッパでも、イタリアとドイツを筆頭に、想定外の人気を誇る番組になりました。たとえばイタリアでは、テレビ局ライ1でシリーズが放映された1978年には、エリザベッタ・ヴィヴィアーニが歌うテーマ曲のシングルレコードが100万枚以上売れたといいます。またスペインでは、1976年に、子ども向け番組の時間帯に限定せず、ゴールデンタイムにも放映するよう求めるデモ行進が行われたほどでした。ハイジのテレビアニメをきっかけに、小田部羊一は日本のアニメーション界の寵児となりましたが、のちに任天堂に入社します。テレビゲームの分野を切り開いた任天堂が、『スーパーマリオ』に登場する大量のキャラクターのデザインと見直しを一任しようと、小田部をスカウトしたのです。

　1970年代の終わり、実写版のテレビドラマ『ハイジ』が誕生し、スイス、ドイツ、英語圏の国々を中心に、子どもたちは夢中になりました。スイス・ドイツ・オーストラリアの共同制作によるこのドラマは、1話53分、全13話のシリーズとして1978年にスイス・ロマンドテレビで放映され、翌年からは1話の長さを26分にして、全26話がフランスのアンテンヌ2やイギリスのBBCでも放映されました。撮影はエンガディン地方のシルス湖を見下ろす村落、グレファスザルファスを中心に行われました。ペーターのおばあさんの家は高地にあるマローヤ村、都会の場面

はチューリヒとフランクフルトを舞台にしています。制作の鍵となったのは、おじいさんの山小屋として使える建物でした。奇跡的に、イタリアのブレガリア谷で1792年に建てられた山小屋が見つかりました。撮影のためにスイスのチャンプフェール村を見下ろす地、アルプ・アルバーナに移築され、1979年には一度解体されましたが、その後サンモリッツ付近のザラシュトラインス村に復元され、ハイカー向けに一年を通じて開放されています。このドラマで主役を演じた巻き毛の黒髪の少女は、オーディションで650人から選ばれたオーストリアの小学生、カティア・ポレティン。その後も長い間、ハイジのイメージを担う存在となります。テーマソングも数多くつくられ、複数のバージョンがありました。「お山はとってもきれい」という歌詞で始まるフランス語版も、シングル盤が2種類出ています。フランス語圏スイス向けには、ウルスィ児童合唱団——フランスではレ・プチ・シュイス（スイスの子どもたち）と呼ばれています——のソリスト、マリー＝フランスの歌が、そしてフランスではアレクサンドラという女の子の歌がレコードになりました。

21世紀に入ると、昔懐かしいハイジの物語から大きく離れて、大胆な現代版ハイジがつくられるようになります。2001年、スイス人監督マルクス・イムボーデンは、時代を取り入れた映画をつくりました。コルネリア・グレッシェル演じるハイジは髪の色を青く染め、ペーターとインターネットでチャットしたり、SMSでメッセージを送り合ったりしています。フランクフルトではなくベルリンに連れていかれたハイジが出会ったのは、歩けないクララではなく、恋愛に悩む今どきの若者たちや、育児放棄する親でした。しかし、観客のほとんどが原作のヒロイン寄りだったので、この映画は受け入れられませんでした。2007年、フランス・スイス・スペイン・チェコの共同制作で、ふたたび実写版のテレビドラマ『ハイジ、15歳』全27話が放映されました。おじいさんと山で暮らすティーンエージャーのハイジが、地域一帯を揺るがす住宅計画に立ち向かう物語です。

2005年、マックス・フォン・シドー、ジェラルディン・チャップリン、そして主役にエマ・ボルジャーを配したイギリス映画は好意的に受けと

められました。2015年には原作にこのうえなく忠実なスイス映画『ハイジ アルプスの物語』がつくられ、伝説的ヒロインの本来の姿を再現しています。アラン・グスポーナー監督は、カティア・ポレティンと同じような巻き毛の黒髪の主役、アヌーク・シュテフェンを抜擢しました。ブルーノ・ガンツがおじいさんを演じます。そしてフランス語版の公式テーマソングを歌ったのはバルバラ・プラヴィ。2021年開催のユーロビ

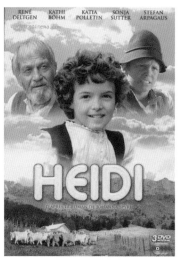

トニー・フラート監督の実写版テレビドラマ『ハイジ』全26話のDVDジャケット。スイス・ドイツ・オーストラリアの共同制作。フランス語版は1978年からスイス・ロマンドテレビで放映され、その後フランスのアンテンヌ2でも放映された。©D.R.

ジェローム・ムスカデ監督のアニメシリーズ『ハイジ3D』「アルムの山 その2」のDVDジャケット。制作はステュディオ100。©D.R.

アラン・グスポーナー監督『ハイジ　アルプスの物語』(2015)の出演者たち。主役はアヌーク・シュテフェン、ペーター役はクイリン・アグリッピ、おじいさん役はブルーノ・ガンツ。©Heididorf

ジョン・ソング・コンテストでは、素晴らしい歌声を披露しました。ハイジというヒロインは、その後も次の世代へ受け継がれていきます。2015年からは、ジェローム・ムスカデ率いるパリのアニメーション制作スタジオ、ステュディオ100の指揮のもと、ドイツ・フランス・スイスの共同制作で『ハイジ3D』というアニメシリーズの放映が始まっており、ネットフリックス世代の子どもたちを魅了しています。

　ハイジが本の中からスクリーンに活躍の場を移すと、その容姿、とくに髪の色をどう描くかが問題になりました。はたしてハイジは黒髪でしょうか、それとも金髪でしょうか。ヨハンナ・シュピリの原作では巻き毛の黒髪で、櫛でとかしてあげようとしたクララに「チリチリ」だと言われるほどです。しかし、ゲルマン系のイメージとハリウッド風のイメージが重なり、マンガの影響も加わって、映像のなかでは金髪のお下げ髪を揺らしているハイジも多いようです。試しにハイジのコスチュームを検索してみると、金髪のかつらが出てきます。それでも、おてんばな正統派のハイジも負けてはいません。1978年のヒロイン、カティア・ポレティンも、2015年の主役アヌーク・シュテフェンも巻き毛の黒髪でした。とりわけ、小田部羊一のつくったアニメのキャラクターは、過剰に増えたハイジの派生形に対して、現在にいたるまで容姿の基準となっています。実は小田部も、あやうく間違えるところでした。最初に描いたハイジは、三つ編みをお下げにしたかわいい女の子でしたが、原作小説の専門家に「おじいさんはきっと、毎朝ハイジの髪を編む時間もやる気もなかったにちがいない」と言われます。そういうわけで、黒髪で手間のかからないおかっぱ頭のお茶目な女の子が誕生したのです。

スイスの象徴
そして世界で
崇拝される偶像

ヨハンナ・シュピリの
手を離れたハイジ

非の打ちどころない
スイスの顔

世界中で崇拝される偶像

スイスは巨大なハイジランド

ハイジは、フィクションの登場人物としてこのうえない幸運に恵まれました。つまり、原作者の手を離れたのです。翻案をちりばめた最初の翻訳版でも、初期の映像作品でも、ハイジはひとり立ちして自分の人生を歩むようになり、驚異的な成功を収めました。そこには残酷な矛盾があります。ヨハンナ・シュピリが書いた小説は、聖書と『ドン・キホーテ』に続いて世界で最も多くの言語に翻訳された本に数えられていますが、作者自身は世界文学の殿堂入りするような栄光とは無縁のままです。

　ハイジはスターに必要な資質をすべて備えています。スターどころか、スイスを象徴する存在、世界中で崇拝される偶像にまでなりました。その人気は、アルトドルフの勇敢な英雄ウィリアム・テルをはじめ、居並ぶスイスの偉人たちをあっさりと超えています。対外的にもウィリアム・テルより知名度が高く、100年以上も前から理想的なスイス代表の座についています。愛すべきハイジはわたしたちの心を揺さぶり、元気を与えてくれます。そしてスイスに行くと、ハイジに会いたくなるのです。スイスの観光業界が熱を入れて、ハイジをアルプスリゾートの魅力をひたむきに伝える観光大使に仕立てたのは、当然の流れでしょう。

　　スイスでは、感謝のしるしとして、1951年にはヨハンナ・シュピリの

1951年発行の記念切手に描かれた
ヨハンナ・シュピリの肖像。©D.R.

2001年、シュピリの没後100周年を記念
して発行された銀貨。デザインは芸術家
シルヴィア・ゴシュケの制作。©D.R.

記念切手が、没後100周年を迎えた2001年には記念硬貨が発行されました。1953年に彫刻家ハンス・ヴァルト＝コラーが制作した、ハイジに捧げる大きな泉「ハイジブルンネン」のモニュメントは、マイエンフェルトからザンクト・ルツィシュタイク峠に向かう途上に設けられています。完成時には、スイス各地から集められた子どもたちが参加して、華やかな落成式が行われました。ハイジをモチーフにした商品は早くからあり、趣味の良し悪しはさておき、さまざまな品物が数多く出回っていました。ようやく1997年に、マイエンフェルトより山側にあるオーバーロッフェルス村に「ハイジドルフ（ハイジ村）」という観光地がつくられます。さらに、ヴァレンシュタットとバート・ラガーツを含む14の自治体からなる地域一帯が「ハイジランド」と名付けられました。

　本物を求め、自然にふれたいと思って訪れる観光客に対して、どうすれば人工的な環境に興味を持ってもらえるでしょうか。この矛盾した問題を手際よく解決することが求められました。「ハイジドルフ」には、目を引く派手さはありません。質素な村に並ぶのは、家を改装してつくられたペーターとハイジの学校や、ペーターのおばあさんの家、そして

グラウビュンデン州の「ハイジドルフ」では、ハイジとペーターの像が観光客を迎えてくれる。

もちろんハイジの家です。村全体を見れば、19世紀のこの地方の生活が学べるようになっていて、当時の貧しい農民の厳しい暮らしぶり、村を出てヨーロッパやアメリカの都会に移り住んだ状況などを包み隠さず伝えています。のどかな風景のなかを歩いていくと、やがておじいさんの小屋になぞらえた放牧地の山小屋に着きます。「ハイジドルフ」から数十キロ離れたザンクト・ガレン州のリゾート地、フラムザーベルクでは、ハイジの集客力を見越して、世界中から訪れる観光客向けに「ハイジ体験」を提供するテーマパークの建設を計画中です。ハイジの出身地は、はたしてグラウビュンデン州か、ザンクト・ガレン州か、地元では熱い論争が起こることでしょう。けれども、観光客にとってはどちらでも大差ありません。訪れる人にとって、「ハイジランド」はグラウビュンデン州の山並みだけを指すわけではないのです。スイスそのものが、牧歌的な風景、手つかずの自然、ひなびた山小屋、そこにある簡素ながらも幸せな暮らしを連想させます。つまり、スイス全体がハイジの国なのです。

ハイジの聡明さ

現代にも通じる
ハイジの価値観

どんなときも前向きで
人間愛に満ちた人物

子どもならではの無垢な心

ハイジの自然への愛着を
懐かしく思うのはなぜか

古き良き時代に感じる魅力

150年にわたって、ハイジはなぜ、いつの時代にも子どもと大人の心に訴えるのでしょうか。それは、まるで伝説に出てくる登場人物のように、主人公が不滅の感情と価値観を体現しているからです。昔も今も、ハイジはわたしたちに語りかけます。ひとつの世代から次の世代へ伝えられるうちに、この物語がじっくりとつくり上げてきた知恵という教訓には、単なる童話や観光客を集める手段という見た目の印象にとどまらない、深い意味があります。

　何よりまず、ハイジは前向きな主人公です。生きることを愛する姿勢は、どの場面からも伝わってきます。山小屋に連れてきた叔母は、ハイジの生活環境を気にもかけずに帰ってしまいます。けれども、ベッドがなくても大丈夫、干し草の上で寝ればいい。もしクララが歩けないのなら、練習すればいいだけのこと。まるでクーエ・メソッド［フランスの医師が唱えた自己暗示法］のような考え方が繰り返し出てくると、うんざりさせられるかもしれません。しかし、ハイジのこうした性格は、どんな状況でもけっしてあきらめず、逆境を乗り越える方法をわたしたちに示してくれます。『ハイジ』が世に出たあと、1913年にエレナ・ポーターが『少女ポリアンナ』を発表します。主人公の孤児ポリアンナは徹底した楽観主義者で、試練に見舞われてもつねに物事のいい面を見ようとします。たとえ自動車事故で片足が不自由になっても……

　ハイジが幼い子どもであること、これは基本的事実です。誰もが手放したくない、ふたたび手に入れたいと思う子どもらしさを体現しているのです。おてんばな女の子で、ただ走りたいという思いから背の高い草むらを駆け回り、人生に何が待っているか知ることもなく、生きることにひたすら全力を注ぎます。また、生きる喜び以上に、ハイジには優しさが備わっています。優しさとはつねに長所とみなされるものではありませんが、無意識に利他的な考え方をもつハイジは、自分の幸せより他人の幸せを優先するのです。ペーターの目の見えないおばあさんに白パンをあげたいと思い、自分が食べる前に取っておこうとします。病気になっても、一刻も早くアルムに帰りたくても、自分を心底かわいがってくれるクララと離れ離れになることを考えると、胸が張り裂けそうにな

ります。ハイジは優しすぎるのでしょうか。そのとおりだと、スイスの映画監督マルクス・イムボーデンは語っています。2001年に上映された自身の監督作には、青い髪のハイジが登場しますが、それはクララが世間知らずなハイジに意地悪ないたずらをしたからなのです。

　原作者のヨハンナ・シュピリが小説のなかで重んじていたこと、そして世界中からスイスを訪れる観光客が、少なくとも「ハイジドルフ」に期待するのは、簡素で健全な、自然に囲まれた生活という美徳です。ハイジは身ひとつですが、必要なものはすべて持っています。そういうところが、現代の大量消費主義の犠牲になっているわたしたちの心に響くのです。貧しくても、親がいなくても、ハイジは幸せです。あまりにも幸せなので、自分が大切に思っている人たちも幸せにしてしまいます。なんという人生の教訓でしょうか。

　このうえなく幸せ、そして自由！　ハイジには誰も口出ししません。命令したりはしないのです。有名なヒロインはみんなそうですが、ハイジには確かな自我と、意志の強さがあり、すべてをはね返す自由への渇望があります。両親がいなくても気にしません。そのかわり、おじいさんを愛すること、友だちのペーターとクララを愛することに決めて、この3人がハイジの選んだ大切な家族になりました。

　ヨハンナ・シュピリが小説で取り上げ、19世紀末の読者ほどではないにしても、21世紀に生きるわたしたちも関心を寄せているのは、近代化、さらには超近代化と、山の生活が象徴する永遠に古びない過去の対立です。1880年代は産業革命が進んで、工場と都市生活が伝統的な暮らしを徐々に抑圧し、否定し、押しのけようとしていた時代でした。シュピリ自身、チューリヒという大都会での生活になじめず、生まれ故郷のヒルツェル村での暮らしを恋しく思っていました。『ハイジ』に出てくる場所は、それぞれが社会や環境の典型を示しています。フランクフルトは近代的で、そこにあるのは病気、悲しみ、偏見、使用人、灰色の景色、閉ざされた窓、かごの鳥。食べ物も衣服もあふれるほどですが、愛情に満ちたふるまいはありません。アルムの山小屋には、自然、健康、自由、

喜び、素朴さ、そして慣れ親しんだ暮らしがあります。都会と山の中間地点にあるのがデルフリ村で、完璧ではなく、不快でもなく、両極端にあるふたつの世界のまん中でバランスを取っています。作者にも読者にもわかり切っていることですが、ハイジはいつまでもアルムにいて、おじいさんとふたりきりで暮らしていくわけにはいきません。お日さまの下でヤギの子のように跳ねまわる以外にも、人生には大切なことがあります。典型的なヒロインにはなすべきことがあるものですが、ハイジに運命づけられていたのは、対立するふたつの世界を和解させるという使命でした。それぞれの世界のいい面と役立つことを吸収して、ハイジは読み書きを学び、ペーターのおばあさんに寝心地のいいベッドを届け、かつて背を向けた村におじいさんを連れていき、村の人たちと仲直りさせます。優れた仲介者、調停者であり、平和をもたらす存在。これ以上にすばらしい役割があるでしょうか。そして、いわゆる「おばあちゃんの手づくり」ジャムを好み、「スイス歴史ホテル Swiss Historic Hotels」［スイスの由緒あるホテルに与えられる名称］のお墨付きをもらった老舗のホテルで有頂天になり、「忘れられた」野菜に目の色を変え、農場での休暇を楽しむ、そんな「昔ながらの」生活様式にすっかり魅了されているわたしたちにとって、ハイジのふるまいはどれほど心を打つことでしょうか。

　フランクフルトにいた頃のハイジと同じように、幸せに暮らした子ども時代の環境から遠く離れると、誰でも寄る辺なさを感じるものです。ホームシックはめずらしくないことですが、その「ホーム」がどこなのか、実際の場所か象徴的なものかはわかりません。ヨハンナ・シュピリは、ドイツ語で「ハイムヴェー Heimweh」というこのホームシックを深刻なものと考え、生死にかかわる病気として書いています。食欲をなくしたハイジは、やがて夢遊病の発作を起こし、命がおびやかされる危険な状態になるのです。

自然への愛着

自然が起こした奇跡

ハイジは時代の先を行くエコロジスト

母親の代わりとなる山

わたしたちが失った自然への愛着を
なぜハイジは刺激するのか

ハイジの存在そのものが、自然を象徴しています。忘れられ、失われてしまった自然への愛着を、わたしたちは今こそ取り戻さなければなりません。だからこそ、ハイジにすべての希望を託すのです。ハイジは時代の先を行くエコロジストであり、誰よりも早くから反成長主義に立って、無意識のうちに母なる大地を崇拝しています。荘厳な山、花盛りの草原、おだやかな滝、気持ちのいい丘。どの映像作品でも、自然は主役級のスターです。1970年代の伝説的なテレビドラマでも、テーマソングの歌い出しは「お山はとってもきれい」でしたし、1952年の映画がアメリカで宣伝されたときのスローガンは「山の子」でした。

　ハイジの物語のなかでは、あらゆる能力を備えた自然はいっそう魅力的です。ハイジにとっては、自然は乳母のような存在なので、けっして孤児であることを寂しがったり、お父さんやお母さんを追い求めたりはしません。自然にふれると、都会に住む人と山暮らしの人の立場は対等になります。そこでは階級闘争などなくなって、新鮮な空気と健康的な食べ物がもたらす命の恵みの前に、誰もがひれ伏すようになるのです。自然は人を結びつけて和解させ、人の輪をつくります。なんとすばらしいことでしょうか。どの国でも、山の保養地を宣伝する観光振興局は同じような言葉を並べています。「澄んだ空気とまぶしい太陽、緑なす森に包まれて、幸せはすぐそこにあります！」新世代の田園生活者が、田舎で子育てをしようとして続々と都会を離れていく現代こそ、100年以上も前のハイジのメッセージを無視することはできません。自然は、奇跡が起こる舞台です。イエス・キリストが体の動かない人を起き上がらせたように、自然の力とおじいさんの協力を得て、ハイジはクララを歩かせることができました。『ハイジ』では、この理想的な環境に数々の利点を見いだします。自然のなかでは誰もが元気になれます。ハイジ自身もクララも、そして善良なお医者さまも、アルムで過ごすうちに「若返って、昔のような明るさ」を取り戻しました。お医者さまは納得した様子でこう言います。「あの山では誰もが健やかになれるんだな」

ハイジと囲む
食卓

「そろそろ何か食べるとしようか。どうだい？」そう言うと、お
じいさんはかまどの前に立って、ミルクがたっぷり入った鍋を火
にかけ、大きなチーズに鉄のフォークを突き刺すと、火のそばでフォー
クをくるくる回して焼き、とろとろになったチーズを大きく切ったパン
の上に垂らします。『ハイジ』の最初のほうに出てくるこの場面には、
深い意味があります。ふたりは顔合わせしたばかりですが、口数の少な
いおじいさんは早くも食事を出そうとします。つまり、温かいミルクと
溶かしたチーズを塗ったパンは、おじいさんにとっては心からの愛情表
現なのです。

　ヨハンナ・シュピリにとって、食べ物と食事以上に象徴的なものはあ
りません。何を、どんなふうに、どこで、誰と食べるか。ハイジと主な
登場人物にとって、食べることとはけっして取るに足りないことではな
いのです。ご想像のとおり、おじいさんの山小屋での食事は、フランク
フルトのゼーゼマンさんのお屋敷での食事とはまったく違います。アル
ムでは、ソーセージが出てくることもありますが、チーズ、パン、ミル
ク、スープ、じゃがいもという決まったものを繰り返し食べます。食堂
は使わずに、暖炉のまわり、ヤギを歩かせる放牧地、山小屋の外に出し
たテーブルなど、どこでも食事場所にします。お皿はありませんが、ひ
と切れのパンが焼けたチーズをのせる台になります。食事の時間は不規
則で、ヤギの乳しぼりをするときや、おなかが空いたとき、たっぷり歩
いたあとに食べます。都会では、食べ物は洗練されたスタイルでたくさ
んのお皿に並べられ、使用人が運んできます。食事は豊かさの象徴なの
です。叔母のデーテはハイジをフランクフルトに連れていくため、マス
を使った料理やプリンやケーキで気を引こうとします。けれどもハイジ
は食事の作法を知りませんでした。フランクフルトに着いた日、夕食の
席で何も考えずにパンをスープに浸してしまい、ロッテンマイヤーさん
に「礼儀知らずの不愉快な子」と言われます。こうして、フランクフル
トでは食べ物が豊富にあるのに、ハイジは食欲を失っていきました。

　シュピリのメッセージは明快です。おいしい食べ物とは、自分を愛し
てくれる人、そして自然と直接結びついている人が心をこめて用意した

もの。アルムでは、自然や風景や動物と一体になって食べるのです。物語の最後のほうでは、クララが歩くという奇跡が起こる少し前に、ハイジとクララ、おじいさんとクララのおばあさまがそろって食事しますが、その場所は食堂ではなく、自然のなかです。「小屋の前ですてきな昼食が食べられるように、すべてが整えられていました。鍋のなかのものは湯気を立てていて、大きなフォークの先にあるものは炭で焼かれていたのです。（中略）目の下にある谷から、山の連なり、その向こうに広がる青い空までぐるりと見渡せるこの食堂に、おばあさまは大喜びでした。食事を楽しむみんなにやさしい風がそよいできて、モミの木を揺らし、枝の葉が心地いい音を奏でます。まるでこの昼食のために用意された音楽のようでした」。

このとき、食欲を取り戻していたクララは、焼きチーズをおかわりするほどでした。驚くおばあさまにこう答えます。「ほんとにおいしいのよ、おばあさま。ラガーツのどんなお昼ごはんよりもおいしいわ！」どれほど質素で同じものの繰り返しでも、山で食べるとはるかにおいしいのです。フランクフルトでの食事は、つらい義務で、緊張を強いられ、作法を守らなければなりませんでした。階級の象徴となる食べ物が、ハイジを傷つけます。山の牧場から来た小さなお姫さまは、テーブルマナーを知らなかったので、都会ではただの野蛮な子どもになってしまいました。

その後、『ハイジは成長する』［原作『ハイジは習ったことを役立てられる』のフランス語版にシャルル・トリッテンが加筆した本］でも、ハイジは恥ずかしい思いをします。孫への思いやりから、おじいさんは寄宿学校にいるハイジにヤギのチーズを送るのですが、そのにおいが周囲の人を不快にさせてしまいます。さらにその後、トリッテン版の『ハイジおばあさん』で孫をもつ身になったハイジは、ケーキやワッフル、リソール［肉を詰めて揚げたパイ］など、簡単で元気の出るおいしいものをつくるようになります。どれも家族に愛情を伝えるための料理です。

シュピリの原作に出てくる小さな白パンのエピソードは、食べ物がもつ意味を的確に表しています。ペーターの目の悪いおばあさんが、黒パ

ンは固すぎてもう食べられないと言うのを聞いて、ハイジは悲しくなり、フランクフルトでは毎日のように出される上等な白パンを何とかして持ち帰ろうとします。けれども、洋服だんすに隠しておいた白パンはすっかり固くなっていて、見つかったときには叱られました。ようやくデルフリ村に帰ったハイジは、真っ先におばあさんの家に行って、白パンを届けたのでした。

　アステリックスの魔法の薬、ポパイのほうれん草、聖餐の儀式の聖体、若返りの妙薬のように、『ハイジ』の核となっているのは、ヤギのミルクです。このミルクがなければ、クララも歩けるようにはならなかったでしょう。ハイジのお気に入りのヤギがもたらしてくれるミルクは、自然からの贈り物。温めても冷たいままでも、一日中飲むことができます。シュピリの小説のなかでも絶賛されているとおり、素朴で体にいい食べ物の代表格です。ひときわ優れた自然の恵みの象徴として描かれ、そのまま飲むだけで「甘くていい香りがして、まるで砂糖とシナモンが入っているよう」と言い表されています。ハイジのおじいさんは薬として使うこともありました。クララが初めてミルクを飲んだ日から、おじいさんはヤギに特別な牧草を食べさせて、もっと栄養のあるミルクが出るようにします。「明日は2杯飲むだろうな」とおじいさんが言ったとおり、次の日からクララは「このいい香りのするミルク」をおかわりしたいと思う「気持ちが抑えられなく」なるのです。奇跡が起こる前の日、クララがヤギのユキちゃんのミルクをおいしそうにおかわりする様子を見て、おじいさんは先を見越したように「ヤギのミルクはお嬢ちゃんをきっと元気にしてくれる」と言いました。そしてほんとうに、そのとおりになったのです。

イザベル・ファルコニエ

第1章
デルフリ村

お日さまがちょうど山のむこうに隠れようとするころ、お客さまはその夜の宿を取るため、デルフリ村へ行こうと立ち上がりました。おじいさんはケーキの箱と大きなソーセージ、それに肩掛けも脇にかかえ、ハイジはお客さまと手をつなぎます。そろって山道を下り、ヤギ飼いのペーターの小屋まで来たところで、ふたりはハイジと別れました。

『ハイジは成長する』「アルムにやってきたお客さま」より

おかえりなさい！　ハイジの村に行くと、まるで自分の家に帰ってきたようです。真冬に家族みんなで囲むテーブルには、愛情のこもった、この土地ならではの料理が並びます。湯気のたつ温かいスープ、ベーコンとキャベツのとろけるような柔らか煮、美食家にはたまらない仔羊肉の煮込み。どれも飾らないけれど栄養豊かな野菜を使い、時間をかけてつくられたものばかり。家の中はおいしそうな匂いで満ちています。レシピは書き表すのではなく、つくりながら親から子へと伝えられていきます。学校から帰った子どもたちにも、一日の農作業を終えた父親たちにとってもお気に入りの味。それは、控え目ながらも惜しみなく愛を伝え、食べる人を喜ばせたい料理、喜ばせ方を知っている料理なのです。また、クリスマスの朝や復活祭の午後に来てくれる友人との再会を彩るお菓子、たとえばワッフルやマカロンは、身も心も暖かく包んでくれます。愛しい人たちの思い出や、かつて訪れた土地の記憶を呼び覚まして、懐かしさにひたらせてくれる食べ物もあります。遠い異国から大切な友人に心をこめて送るのは、カソナードや果物のコンフィを使ったプチケーキ。どうぞ召し上がれ！

レシピ

ペーターのスープ

ペーターはハイジの言いつけをきちんと守って、毎晩アルファベットを熱心に勉強しました。あの覚え歌の文句が身にしみていたのです。たいていはおじいさんもペーターのそばにいて、パイプをくゆらせながら満足そうに耳を傾けていました。ふと楽しい気持ちになるのか、唇の端がかすかに上がることもありました。ペーターが苦労してその日の勉強を終えると、おじいさんはよく、家に帰る前にいっしょに晩ごはんを食べようと声をかけました。ペーターにとっては、あの覚え歌に感じる恐ろしさをすっかり打ち消してくれるごほうびでした。

『ハイジは成長する』「デルフリ村の長い冬」より

材料
ポロネギ　1本
セロリ　1本
タマネギ　1個
にんにく　1片
バター　50グラム
牛乳　1リットル
クレーム・エペス*1　250ミリリットル
アサツキ　20グラム
卵黄　1個
粗塩　大さじ1
固形のチキンブイヨン　1個
ブーケガルニ*2　ひと束
ナツメグ　小さじ1
挽きたてのコショウ
クルトン用のパン

*1 ペースト状の醸酵生クリーム。サワークリームと生クリームを同量ずつ合わせて代用できる
*2 数種類のハーブを束にしたもの

1 大きめの煮込み用鍋にバターを溶かします。タマネギとにんにくの皮をむいて、ごく薄く切ります。ポロネギ、セロリ、アサツキも同じように切って、すべて鍋に入れます（アサツキは少し残しておいて、最後の飾りつけに使います）。

2 鍋を弱火にかけて、野菜を10分ほど軽く炒めます。水で湿らせたブイヨンを加えて混ぜます。

3 ボウルに牛乳、クレーム・エペス、卵黄を入れて、泡立て器でよく混ぜ合わせます。2の鍋に加え、ブーケガルニも入れます。弱火で加熱し、煮えたら火を止める直前に塩とコショウを足して、ブーケガルニを取り出します。

4 スープをお皿に盛り付け、焼いたクルトン、アサツキ、ナツメグを散らします。お好みで粉チーズや細切りチーズもどうぞ。

 30分

 20分

 6人分

仔羊肉の煮込み

お医者さまは笑いながら言いました。「ようやくわかってきたよ。つまり、きみのお母さんは、ハイジがきみの家でいっしょに昼ごはんを食べたいかな？　って聞いてるんだね？」

「うん、そうだよ」と答えてから、トニーはほっとして大きくため息をつきました。

ハイジは友だちの家に招かれて大喜びです。そして3人の子どもたちは出かけていきました。昼ごはんは簡単なものでしたが、楽しい食事でした。トニーのお母さんが留守にしていた間のできごとを、子どもたちはあれこれと語り、とりわけクリスマスの様子は、何度も何度も聞いてもらったのでした。

『ハイジは成長する』「大きくなっていくハイジ」より

材料
　仔羊の肩肉　1.5キロ（ひと口
　大に切ったもの）
　ニンジン　4本
　トマト　250グラム（皮をむ
　いたもの）
　タマネギ　3個
　にんにく　2片
　セロリ　1本
　白ワイン　250ミリリットル
　ジンジャーパウダー　大さじ2
　小麦粉　大さじ3
　油　150ミリリットル
　塩、コショウ

1 タマネギとニンジンの皮をむいて、ごく薄く切ります。セロリも同じように切ります。

2 ボウルにトマトを入れ、へたを取り除きながらフォークでつぶします。ジンジャーパウダー、塩、コショウを加えてよく混ぜます。にんにくをみじん切りにして加えます。

3 平皿に小麦粉を入れて、ひと口大の肉を転がしながら粉を薄くつけます。

4 厚手の煮込み鍋に油を入れて火にかけ、3の肉を入れて5分炒め、まんべんなく焼き色をつけます。1の野菜を加え、2のトマト、白ワインも加えます。塩とコショウを足してから、鍋のふたをして弱火で約2時間煮込みます。必要に応じて、ときどき水を足してください。米や麦を付け合わせに添えて召し上がれ。

 30分

 2時間

 6人分

ベーコンとキャベツの柔らか煮

ブリギッテは広い台所で昼ごはんをつくっていました。かまどの上で湯気をたてている鍋のキャベツとベーコンと煮汁の様子を見ながら、谷から登ってくる道と、アルムから下りてくる小道にも目を配ります。お医者さまとおじいさんは今日来ると言っていたはず、と思いながら、台所の窓と書斎の窓を行ったり来たりしていました。谷のほうへ目をやったとき、ハイジがヤギを連れてやって来ました。

「こんにちは、ブリギッテ！　わたしたちが一番乗り？　先生はもう来ているの？　わあ、おいしそうなごはんをつくってくれたのね！　食べるのが楽しみよ、もうお腹ぺこぺこ！」

『ハイジは成長する』「新しい家で」より

材料
　スペアリブ　6本
　塩漬けベーコン（燻製していないもの）　500グラム
　キャベツ　1個（葉がしっかり巻いているもの）
　ジャガイモ　6個（中くらいのサイズ）
　ニンジン　3本
　タマネギ　1個
　にんにく　2片
　クローブ　3粒
　ブーケガルニ　ひと束
　塩、コショウ

 30分

 2時間

6人分

1　にんにくとタマネギの皮をむき、タマネギにクローブを刺しておきます。大きめの煮込み用鍋に水を半分入れて火にかけ、ブーケガルニ、にんにく、タマネギを加えます。沸騰したら、スペアリブとベーコンをさっと水で洗って加えます。何度かアクを取りながら、ふたをして弱火で45分煮込みます。

2　煮込んでいる間に野菜の準備をします。キャベツの外葉をはがして4等分に切り、芯を取ります。ニンジンの皮をむいて薄く切り、ジャガイモの皮をむいておきます。鍋の中のアクをもう一度取ってから塩コショウを加え、キャベツとニンジンを加えて、引き続き弱火で煮込みます。45分たったらジャガイモを加えて、さらに30分煮込みます。

3　アク取り用のお玉を使って野菜を鍋から取り出し、お皿に盛り付けます。中央に肉を盛り付けて、有塩バター、ミニキュウリのピクルス、マスタードを添えます。

おばあさんの白パン

「ほんとうにハイジなんだね？」

「ほんとうにハイジだよ。おばあさん、泣かないで。これからは毎日きっと来るからね。もうどこにも行かないよ。それに、もう固いパンを食べなくていいんだよ」

ハイジは白パンを取り出して、おばあさんのひざの上にぜんぶ積み上げました。

『ハイジ』「すべての鐘が鳴るとき」より

材料

小麦粉　500グラム

バター　200グラム＋30グラム（焼き型用）

ドライイースト　8グラム

水　250ミリリットル

粗糖（精製前の砂糖）　50グラム

卵　2個

 15分

 1時間

 20分

約12個分

1 ボウルに小麦粉を入れ、粗糖とドライイーストを加えて泡立て器で混ぜます。あらかじめ溶かしておいたバターを加えます。卵も加えてよく混ぜます。

2 水を加えて、生地がなめらかになるまで混ぜます。オーブンの庫内で1時間寝かせて、生地を発酵させます。

3 1時間後に取り出し、生地を12等分して丸め、型に入れます。

4 180度のオーブンで20分焼きます。温かいまま、または冷まして召し上がれ。

お弁当用のビスケット

次の日、ペーターは学校用のかばんにお弁当を入れて登校しました。山あいの村ではどこも同じですが、家が遠い子どもたちは学校に昼ごはんを持ってきて、正午から午後2時までの昼休みに教室で食べるのでした。

『ハイジは成長する』「デルフリ村の長い冬」より

材料

全粒小麦粉　200グラム

バター　150グラム

グラニュー糖　75グラム

シナモンパウダー　大さじ2

卵　2個

牛乳　大さじ2

 15分

 1時間

 20分

約20枚分

1 ボウルに小麦粉を入れ、グラニュー糖とシナモンパウダーを加えます。溶かしておいたバターも加えて、全体をよく混ぜます。

2 卵を割りほぐして加え、生地がなめらかになるまでよく混ぜて、1時間寝かせます。

3 オーブンを180度に予熱しておきます。天板にバターを塗ります［分量外］。作業台に打ち粉をして2の生地をのせ、麺棒で厚さ約5ミリに伸ばします。コップを使って丸い形に抜き、ふちを整えて楕円形にします。焼き色がつくように、牛乳を表面に塗ります。

4 天板に並べ、オーブンで20分焼いてできあがり。

復活祭のマカロン

その日は夢のように過ぎていきました。ペーターはモミの木の枝を取ってきて、納屋へと運びます。それから数時間、誰にもないしょで作業しました。

ハイジは台所に入って、まず扉にかぎをかけ、次の日に食べるクリームキャラメルとマカロンとチョコレートトリュフをつくりました。お菓子を保存棚に片付けたあと、鍋に水を入れて火にかけ、タマネギを入れます。そこに卵を12個入れて、何分かたってから取り出すと、卵は美しい黄色に染まりました。

『ハイジと子どもたち』「特別な日が来た」より

材料
　アーモンドパウダー　250グラム
　小麦粉　300グラム
　砂糖　500グラム
　卵　6個
　天板用のバター

 20分

 20分

 約30個分

1　オーブンを200度に予熱しておきます。ボウルに砂糖とアーモンドパウダーと小麦粉を入れて混ぜます。卵を卵黄と卵白に分け、卵黄は別の使い道に取っておきます（ただし12時間以内に使うこと）。

2　別のボウルに卵白を入れ、ムース状になるまでしっかり泡立てます。1のボウルに入れて、泡立て器で混ぜます。

3　天板にバターを塗り、間隔を空けて生地を少量ずつのせます。オーブンに入れて、温度をすぐ140度に下げ、約20分焼きます。

4　お好みで、チョコチップ（ビター、ホワイト、またはミルク味）、レモンピール、オレンジピール、砕いたクルミやヘーゼルナッツ、おろしリンゴ、薄切りのプルーン、刻んだデーツ、千切りのドライイチジクなどを生地の上に散らして焼いてもいいでしょう。

チョコレートトリュフ

材料

製菓用チョコレート（ミルクまたはビター）300グラム

卵　2個

粉砂糖　50グラム

バター　50グラム

クレーム・エペス　100ミリリットル

バニラシュガー　7.5グラム

仕上げ用の粉砂糖またはココアパウダー

 30分

 12時間冷やす

 20分

 約30個分

1 鍋にバターを溶かし、粉砂糖を加えます。

2 卵を卵黄と卵白に分け、卵白は別の使い道に取っておきます。

3 1の鍋に卵黄を加えて火にかけ、泡立て器を使って、もったりとした白っぽい生地になるまでよく混ぜます。

4 別の鍋にクレーム・エペスを入れて火にかけ、沸騰したらバニラシュガーを加えてよく混ぜます。3の鍋の中身を加えます。

5 鍋を火からはずして、つやのあるなめらかな生地になるまで泡立て器でしっかり混ぜます。チョコレートを刻んで鍋に加え、弱火にかけて完全に溶けるまでよく混ぜます。

6 トリュフ型があれば、生地を流し入れます。なければ、平皿に生地を流して、冷めたら冷蔵庫に入れ、少なくとも12時間冷やします。

7 平皿を冷蔵庫から出して、コーヒースプーンなど小さめのスプーンを使って生地を丸めます。別の皿に粉砂糖またはココアパウダーを広げ、丸めたチョコレートを転がしてまぶします。よく冷やして召し上がれ。

クリスマスのワッフル

朝のすこし遅い時間、ハイジは広い台所にいました。ワッフルの大きな焼き型を両手で持って、かまどの前であたふたしています。バターとレモンの入った生地を4枚分、型に流し入れたところでした。すぐ横のテーブルには、薄いお菓子が積み重ねられていました。

おじいさんとお医者さまは、ハイジの気が散らないよう、離れたところから見守っています。やがて正午になり、家の前でするどい笛の音が響きました。

「ペーターだ！　ペーターが来ちゃった！」

ハイジは泣きそうな顔で焼き型を置くと、急いで出迎えにいきました。

『ハイジは成長する』「みんなの喜び」より

材料

半粒小麦粉*　300グラム
砂糖　75グラム
バター　100グラム
牛乳　500ミリリットル
ドライイースト　5グラム
卵　2個
無農薬レモン　1個

*日本では入手しづらいので全粒粉と薄力粉を半量ずつ混ぜるとよい

 20分

 1時間

 3分

約30枚分

1 ボウルに小麦粉とドライイーストを入れて、優しく混ぜます。

2 砂糖を加えてから、卵を1個ずつ加えます。小鍋にバターを入れ、溶かしてから加えます。牛乳を少しずつ注ぎながら、生地に混ぜていきます。

3 レモンの皮をおろして、2の生地に加えます。実を絞った果汁も加えて混ぜます。冷暗所で1時間寝かせます。

4 ワッフルの焼き型を熱して、溶かしバター［分量外］をハケで塗り、型からあふれないように生地を少しずつ流し入れます。

5 3分ほど焼いてから、木べらを使って型からはずします。

6 さくらんぼのジャムとクリームを添えて、熱いうちにどうぞ。

おばあさんのケーキ

「ぜんぶクララがフランクフルトから送ってくれたの」

ブリギッテはその場で固まってしまい、ハイジが3つの箱を運ぶのを、ただ目を丸くして見ているだけでした。ケーキの箱とソーセージと肩掛けを前にして、あまりの驚きに言葉が出なくなっていました。

「ほらさわってみて、おばあさん。このケーキ、こんなに柔らかいよ。ほんとにおいしいんだよ」

『ハイジは成長する』「アルムにやって来たお客さま」より

材料

- スペルト小麦粉　400グラム
- ドライイースト　1袋
- バター　100グラム
- カソナード［サトウキビ由来の粗糖］　90グラム
- 赤糖　50グラム
- 卵　3個
- 果物の皮のコンフィ［砂糖漬け］　100グラム
- クレーム・フルーレット［生クリームで代用できる］　100ミリリットル

 30分

 20分

 約15個分（直径5センチのマフィン型）

1　180度に予熱したオーブンの上に熱に強い容器に入れたバターををのせ、溶かしておきます。

2　ボウルに砂糖2種類とドライイーストを入れて混ぜ、クレーム・フルーレットを加えて泡立て器でよく混ぜます。小麦粉を加えます。

3　別のボウルに溶かしバターを入れ、卵を1個ずつ加えます。なめらかになるまで混ぜたら、果物の皮のコンフィと2のボウルの中身を加えてよく混ぜます。

4　マフィン型にバター［分量外］をムラなく塗り、ボウルの生地を均等に分けます。焼いているうちにふくらむので、生地の量は型の4分の3の高さまでにします。マフィン型がなければ、天板にバター［分量外］を塗り、間隔を広く空けて生地をこんもりと並べます。

5　カソナード［分量外］をトッピングして、オーブンの温度を下げずに20分焼きます。熱いうちに食べるのもおすすめです。

ブリギッテのおやつ

4時半、大きな家に帰ってきたふたりを、お医者さまが玄関先で迎えてくれました。

「さあ、早くお入り。おやつがあるよ。ブリギッテがケーキを山のようにつくってくれたんだ。誰かに応援を頼まないと、とてもふたりでは食べきれないくらいだよ」

『若き娘ハイジ』「アルムで起こった悲しいできごと」より

材料
　ビターチョコレート　200グラム
　バター　150グラム＋30グラム（焼き型用）
　コーンスターチ　100グラム
　カソナード　50グラム
　卵　5個
　シナモンパウダー　小さじ1

 25分

 30分

 6人分

1　オーブンを220度に予熱しておきます。ボウルにチョコレートとバターを入れて、湯せんにかけながら、つやが出るまで混ぜます。

2　卵を卵黄と卵白に分けます。1のボウルに卵黄を加えます。

3　泡立て器を使って、2の生地がなめらかになるまでよく混ぜ、コーンスターチ、カソナード、シナモンパウダーを加えます。

4　別のボウルで、卵白をツノが立つまでしっかり泡立ててから、3のボウルに加え、泡をつぶさないようにそっと混ぜます。

5　人数分の小さい型（直径5センチ）、または高さのあるケーキ型（直径28センチ）に生地を流し入れて、オーブンで30分焼きます。15分たったら加熱を止めて、残りの15分間はオーブンに入れたまま、余熱で仕上げます。こうすることで、外側はサクサク、中はしっとりしたケーキになります。

第2章

アルム

おじいさんが戻ってきたとき、ふたつのコップには大きなふたがのせてありましたが、いつも使っているふたとは違うものでした。

午後になると、おじいさんは山をすこし下りたところにある放牧場へ出かけていきました。そこにあるチーズ工房では、美しい黄金色のバターをつくっているのです。丸い形の大きなバターを持って帰ってきたおじいさんは、パンを2枚切って、この甘く香るバターをたっぷり塗りました。それから、勢いよくパンにかぶりつく子どもたちの様子を、足を止めて満足そうに見ていたのでした。

『ハイジは成長する』「アルムで過ごす日々」より

アルムの魔法の世界へようこそ！　そこは、そびえ立つ山と青々
とした牧草地を背景に、モミの木とカラマツが茂り、木造りの
山小屋のまわりで子ヤギが楽しげに跳ねまわる王国。食事のお皿には、
自然の恵みが並びます。山小屋には電気もなく、洗練された調理器具
もありません。けれども暖炉があり、鍋やお椀も、ベーコンやチーズ
を切る大ぶりのナイフも、木のスプーンもあります。布のナプキンか
ら取り出したライ麦パンを分厚く切り、惜しみなくバターを塗って食
べます。放牧地のチーズをあぶるときに使うのは、小屋全体をじんわ
りと暖めてくれる暖炉の火。ほろほろと柔らかいジャガイモや、トウ
モロコシや栗の粉でつくった料理もおなかを満たしてくれます。秋に
は、キノコやレッドベリーが手のひらに3杯分も採れれば、もうそれ
だけで立派なごちそう。そして何よりも、おじいさんのヤギたちのお
かげで一日中いつでも飲めるミルクは、まさに奇跡の一品です！

レシピ

ビュンドナーフライシュ

「さあ、こっちに座っていっしょに食べよう。そうしたら、ハイジを連れて帰るんだ。夜になったらこの子を送ってきて、またここで食べればいい」

思いがけないこの提案は、ペーターにとって願ってもないことでした。うれしさのあまり顔をくしゃくしゃにして、いそいそとハイジのとなりに腰かけます。けれども、喜びで胸がいっぱいになったハイジは、もう食べられなくなったので、大きなジャガイモと焼いたチーズのお皿をペーターのほうへと押しやりました。おじいさんからも大盛りのお皿を受け取ると、目の前には食べ物で壁ができたようになりました。とはいえ、そんなことで食べるのを尻込みするペーターではありません。

『ハイジは成長する』「村の長い冬」より

材料

ジャガイモ　12個

ラクレットチーズ　300グラム

ビュンドナーフライシュ　300グラム

クレーム・エペス　25ミリリットル

牛乳　1/2リットル

ナツメグ　大さじ1

バター　50ｇ

塩、コショウ

 20分

 45分

 6人分

1 ジャガイモの皮をむいて薄切りにします。オーブンを180度に予熱し、グラタン皿にバターを溶かしておきます。

2 ボウルにクレーム・エペスと牛乳を入れ、ナツメグを加えて泡立て器で混ぜます。

3 溶かしたバターをグラタン皿の底に塗り広げてから、ジャガイモ、チーズ、ビュンドナーフライシュの順に積み重ねます。

4 3に塩とコショウをふり、2のクリームを塗ります。もう一度同じ順に積み重ねて、最後にチーズをのせ、クリームを塗ります。オーブンの温度を下げずに45分焼きます。できたてを熱いうちにどうぞ。

「グラウビュンデン州の肉」ビュンドナーフライシュ

この特産品には、はるか昔にさかのぼる長い歴史があることをご存じでしたか？　高級部位の牛肉からつくられており、塩と香辛料とアルプスのハーブをまぶして丹念に乾燥させる作業をはじめ、できあがりまでの工程はなんと30を超えます。ほとんど脂肪分のない干し肉には、良質のタンパク質や、ビタミン、ミネラル、鉄や亜鉛などの微量元素が含まれ、スポーツを好む人や健康志向の人に注目されています。

キノコとパンのオーブン焼き

ハイジはお弁当を3つに分けて言いました。

「わたしたちが食べられない分は、ペーターにあげるよ」

そうしてペーターは、ハイジとクララの昼ごはんの残りをたくさんもらいました。すっかり平らげましたが、どこか胸が詰まったようで、このごちそうをおいしく味わうことはできませんでした。今朝じぶんがしたことを悔やんでいたのです。子どもたちは昼ごはんを食べ終わるのが遅かったので、しばらくするとおじいさんがもう迎えにきました。

『ハイジは成長する』「奇跡」より

材料

パン・ド・カンパーニュ［田舎風パン］ 8切れ
生キノコ 1キロ（アミガサタケ、ヤマドリタケなど）
スイス産グリュイエールチーズ 200グラム（コンテでもよい）
白ワイン 250ミリリットル
バター 50グラム
塩、コショウ

 15分

 45分

 8人分

1 キノコを洗い、その種類によって必要なら皮をむいたり、ひと口大に切ったりします。フライパンにバターを溶かし、キノコを加えて、よく混ぜながら15分ほど軽く炒めます。途中で白ワインを加え、塩とコショウをふります。

2 パンにバター［分量外］を塗り、大きめのオーブン皿に並べます。

3 オーブンを180度に予熱しておきます。チーズをすりおろします。

4 2のパンの上に1のマッシュルームを重ね、上からチーズをたっぷりかけます。

5 オーブンで30分焼きます。できたてを召し上がれ。

グリュイエールチーズ

このスイスチーズの名前が、産地であるフリブール州の地方名にちなんでつけられたことをご存じでしたか？ たいへん人気となったので、18世紀にはアカデミー・フランセーズが「グリュイエール」という単語を辞書に加えたほどです。その後、フランスのオート＝サヴォワ県、サヴォワ県、ドゥー県などでつくられるチーズにも、同じ名前が使われるようになりました。ただしスイス産とは違って、フランス産のグリュイエールには穴があいています。

トウモロコシのおかゆ

これから聞いてもらうのは、夏のある日、美しい夕暮れどきのお話。お日さまが山の緑の草地を照らしています。山のいちばん高いところにある小屋は、大きな扉が開けっぱなし。お日さまの金色の光は、その扉からまっすぐさし込んで、すすだらけの台所の奥まで届いています。台所では、小さい暖炉の火のそばで、女の人がお鍋の中身を勢いよくかきまぜていました。黄金色のトウモロコシの粉と、真っ白なミルクが混ざりあって、とろりとしたおかゆになっています。

『ハイジと子どもたち』「長い冬」より

材料
　缶詰のコーン　300グラム
　（または生トウモロコシ　2〜3本）
　ジャガイモ　2個
　拍子木切りのベーコン　100グラム
　タマネギ　1個
　緑ピーマン　1個
　牛乳　1リットル
　タイム　3本
　ローリエ　3枚
　パセリ　約10本
　パプリカ　大さじ2
　油、塩、コショウ

 15分

 20分

 6人分

1　タマネギとジャガイモの皮をむいて、できるだけ薄く切ります。煮込み用鍋に油を入れて火にかけ、ベーコンとタマネギを軽く炒めます。ピーマンを小さい色紙切り [材料を正方形に薄く切る切り方] にして鍋に加え、ジャガイモ、タイム、ローリエも加えます。弱火にかけて、よく混ぜながら10分ほど軽く炒め、塩とコショウをふります。ジャガイモに火が通ったら、タイムとローリエを取り出し、鍋の中の余分な油も拭き取ります。

2　パセリをフードプロセッサーにかけ、コーンと牛乳500ミリリットルを加えてさらに混ぜます。パプリカも加えます。

3　2を1の鍋に加えて、さらに10分煮込みます。このスープは濃度の高い仕上がりになりますが、あまりにもピューレに近いようでしたら、牛乳を足して薄めてください。

4　おかゆをお皿に盛り付け、みじん切りにしたパセリを散らします。トーストしたパンを添えて召し上がれ。

おじいさんの大鍋煮込み

ハイジとクララが気づかないうちに、こうして朝の時間は過ぎていきました。やがておじいさんが、湯気のたつお皿を持って出てきました。「お嬢ちゃんは、明るいうちはできるだけ外にいたほうがいいだろう」と言って、前の日と同じように、昼ごはんを小屋の前に並べます。ふたりはもりもり食べ、前の日のように楽しい食事になりました。昼ごはんのあと、ハイジはモミの木の下までクララの車椅子を押していきます。午後は涼しい木陰で過ごして、ハイジがフランクフルトを離れてからのできごとを語り合おうと決めていたのです。

『ハイジは成長する』「山で過ごす3か月」より

材料

　牛肉　1キロ（外モモ肉、肩バラ肉、または肩肉）

　薄切りベーコン　200グラム

　牛の骨髄　1本

　ニンジン　1キロ

　タマネギ（手順2用）　2個

　セルリアック［根セロリ、カブやセロリで代用してもよい］　2分の1個

　小タマネギ（手順3用）　1個

　にんにく　2片

　ブーケガルニ　ひと束

　パセリ　20グラム

　白ワイン（辛口）　250ミリリットル

　バター　50グラム

　小麦粉　大さじ2

　油　大さじ2

　塩、コショウ

1　前の日にパセリを洗い、にんにく1片の皮をむき、どちらもみじん切りにします。コショウをふって混ぜてから、ベーコンに塗ります。

2　タマネギの皮をむいて、ごく薄く切ります。ふた付きの大きなボウルに白ワインを入れ、タマネギ、残りのにんにくを皮付きのまま加え、ブーケガルニも加えて塩とコショウをふります。1のベーコンと牛肉をボウルに入れて、ひと晩漬けておきます。

3　当日、ニンジンと小タマネギの皮をむきます。ニンジンは輪切りにします。小タマネギは切らずに使います。

4　特大の煮込み用鍋に油を入れ、ベーコンを重ならないように並べます。その上に牛肉をのせ、漬け汁を加え、ニンジンと小タマネギも加えて塩とコショウをふります。牛の骨髄を加え、材料全体がかぶるくらい水を注ぎます。鍋のふたをして、中火で2時間30分煮込みます。

 20分　　 2時間30分

ZZz ひと晩　　 6人分

5 煮込み時間の終わり頃に、セルリアックの皮をむいて加え
ます。

6 肉に火が通ったら、煮汁をお玉2杯分取って、小鍋に入れ
ます。バターと小麦粉を加えて、泡立て器で混ぜながら沸
騰させ、ソースにとろみをつけます。

7 穴あきお玉を使って、肉とニンジンと小タマネギを取り出
して盛り付けます。セルリアックのピュレを添えましょう。

栗の粉

アルプス南部でよく見られる栗の木は、古くから「パ
ンの木」と呼ばれていたことをご存じでしたか？　栗
の粉は小麦粉よりも安く手に入り、一年中食べること
ができたのです。昔も今も、栗から生まれる食品は変
わらず、粉やフレークから、パン、ケーキ、マーマレー
ド、さらにはビールまであります。

ジョルジュの卵

トニーはうなずきました。

「卵売りにはなりたくないな。それならヤギ飼いになりたい。そのほうがずうっといい」

「おやおや、どうして？」

「だって、卵は生き物じゃないから、おしゃべりもできないし、ヤギみたいにどこでもついてきたりしないもん。ヤギなら、ぼくに会ったらうれしそうだし、ぼくのこと好きだし、ぼくの言うことがぜんぶわかるんだよ」

『若き娘ハイジ』「一年でいちばん美しいひと月」より

材料
- 栗の粉　150グラム
- バター　100グラム＋天板用に少量＋フライパン用に20グラム
- 卵　4個＋生地用に1個
- アサツキ　3本
- セルフィーユ　5本
- 塩、白コショウ

 20分

 15分

 2人分

1 スクランブルエッグをのせる台をつくります。ボウルに栗の粉を入れます。バターを溶かして粉に加え、塩とコショウをふります。アサツキとセルフィーユをみじん切りにして、その半量を生地に加えます。水75ミリリットル［分量外］を加えて、生地がなめらかになるまでていねいにこねます。

2 オーブンを180度に予熱しておきます。

3 作業台に打ち粉をして生地をのせ、大きなボウルで押さえながら、厚さ5ミリ直径10センチほどの平たい丸形を2枚つくります。卵を1個割りほぐし、生地の表面にハケで塗ります。

4 天板にバターを塗って生地をのせ、オーブンで10分焼きます。

5 焼いている間に、フライパンにバターを20グラム入れて火にかけ、卵4個を入れて木べらで混ぜながら5分焼きます。途中で残りのハーブを入れ、塩とコショウをふります。卵が固くならないように気をつけましょう。

6 それぞれのお皿に焼いた台をのせ、スクランブルエッグを盛り付けます。

アルムのピクニックサンド

「昼どきになったら、ハイジは上のほうの日陰に置いてあるお弁当の袋を取りにいくんだよ。ペーターはふたりが飲みたいだけヤギのミルクをしぼってくれ。だが、ハイジはそれがスワンのミルクかどうか、ちゃんと見ておくんだ」（中略）

ハイジは袋の中身をひとつずつ出して、3つの山に分けました。高く積まれた食べ物の山を見て、「わたしたちが食べられない分は、ぜんぶペーターのおかわりにできるね」と満足そうにひとり言を言いました。クララとペーターの分を運んでから、自分のお弁当を持ってクララのとなりに座ります。朝のうちに運動したので、3人ともぱくぱく食べました。

『ハイジは成長する』「ゼーゼマンさん一家がやってくる」より

材料
　キノコ　500グラム
　バター　50グラム
　エシャロット　1個
　にんにく　1片
　パン・ド・カンパーニュ　1個
　（136ページのレシピ「レスリ
　のパン」参照）
　生ハム　薄切り3枚
　放牧地のチーズ　300グラム
　西洋ワサビ　150グラム
　マスタード　100グラム
　塩、コショウ

 30分

 15分

3人分

1　パンを1センチ以下の厚さに切ります。パンの長さに合わせて、チーズを薄くスライスします。パンの片面に西洋ワサビ、もう1枚の片面にマスタードを塗り、生ハムとチーズをのせてはさみます。

2　フライパンにバターを溶かし、薄切りにしたエシャロットとにんにくを加えます。キノコを加えて塩コショウし、15分軽く炒め、サンドイッチに添えます。

グラウビュンデン州の放牧地のチーズ

コクのあるセミハードタイプで、ドイツ語ではビュンドナー・アルプケーゼと呼ばれるこのチーズが、牛の生乳だけを原料に、高度1000メートル以上に位置するチーズ工房でつくられていることをご存じでしたか？歴史家によると、この地域がローマ帝国の属州ラエティアだった頃には、すでに製造販売されていたそうです。

溶かしチーズのラクレット

まるで小さなイタチのように、ハイジは小屋の中と外をすばやく行き来して、戸棚のなかで見つけたものをぜんぶ運んできました。こうしてお医者さまをおもてなしできることが、ほんとうにうれしかったのです。食事をつくっていたおじいさんも、やがて湯気のたつミルクポットと、黄金のような濃い黄色のチーズを持って出てきます。それから、おじいさんお手製の、山の空気にあてて干した美しいバラ色の肉を、みごとな手つきで薄く切りました。お医者さまにとって、この1年でこれ以上においしい昼ごはんはなかったと言えるほど、すばらしい食事でした。

『ハイジは成長する』「ごほうび」より

材料
　ジャガイモ　2キロ（ビンチェ
　種［馬鈴薯タイプ］）
　ラクレットチーズ　500グラ
　ム
　生ハム　6枚
　ビュンドナーフライシュ　6枚
　薄切りのソーセージ［加熱不要
　のもの］　6枚（ヘーゼルナッ
　ツ入りなど）

 30分

 15分

 6人分

1 ジャガイモの皮をむいて、蒸し器で15分蒸します。その間に、お持ちのラクレット用チーズヒーター（スキレットやホットプレートで代用できる）の大きさに合わせてチーズをスライスします。ハムとソーセージをお皿に盛り付けます。

2 チーズ、ハムとソーセージ、パン・ド・カンパーニュを並べ、コルニション［ミニキュウリ］のピクルスを添えて、チーズを溶かしながらラクレットをどうぞ。

ラクレットチーズ

このチーズには数えきれないほど種類があることをご存じでしたか？　スモークタイプ、にんにくやトウガラシの入ったもの、ヤギやヒツジ、水牛のミルクでつくったもの……ヴァレー州のお祭りの日や、レストランでの食べ方は、炭火のそばに半円形のチーズを置き、溶けた部分をナイフで削り取って、お皿に受けるというスタイル［「ラクレ」とはフランス語で「削り取る」の意］。昔から牛飼いの主食だった焼きチーズとラクレットは、山から平地へと広まっていき、今ではスイスを代表する料理となりました。

レッドベリーのタルト

話し声がイヴォンヌの近くで聞こえたときは、もうかなりの高さまで登っていました。男の子たちを追いかけていくと、大きく開けた斜面に出ました。あちこちから「ここ！あそこだ！　こっちだよ！」と大声で呼び合っています。イヴォンヌには何のことかすぐわかりました。イチゴの実が斜面を赤く染めるように広がり、お日さまの光で輝いていたのです。アンリとレイモンは大急ぎで、いちばん赤い実を採りにいきました。

『ハイジと子どもたち』「長い冬」より

材料

スペルト小麦粉　200グラム
バター　100グラム
粗糖　250グラム
水　75ミリリットル
卵　5個
クレーム・エペス　100ミリリットル
レッドベリー　300グラム
塩　ひとつまみ

 15分

 30分

 8人分（28センチのタルト型）

1 オーブンを180度に予熱し、バターをタルト型に溶かしておきます。

2 小麦粉、粗糖50グラム、塩ひとつまみをボウルに入れます。溶けたバターと水を加えてよく混ぜます。

3 卵を3個割って卵黄と卵白に分け、卵黄だけをボウルに加えて、卵白はあとの作業に取っておきます。

4 生地をていねいにこねてから、5ミリの厚さに伸ばしてタルト型に敷き込みます。クッキングシートで全体を覆い、乾燥豆をのせてオーブンに入れ、15分焼きます。

5 焼いている間に、残りの卵を割って卵黄と卵白に分け、卵黄は取っておきます。卵白を3で取っておいた卵白と合わせて、残りの粗糖、クレーム・エペス、卵黄を少しずつ加えながら、しっかりしたクリームになるまで泡立てます。

6 タルト生地が焼けたら、オーブンから出してクッキングシートと乾燥豆を取り除きます。レッドベリーをすき間なく並べて、5のクリームで覆います。表面を平らにしてから、100度に下げたオーブンで15分焼きます。焼きたて、または冷やして、お好きな食べ方でどうぞ。

イントラの仙女*のブリオッシュ

家政婦はあちらこちらの洋服だんすを開けて、いろいろな服をどっさり抱えてきました。どれも山での暮らしに役立つものばかりでした。男爵はケーキやブリオッシュやソーセージをもっと持たせようとします。イヴォンヌは男爵の首に抱きつきました。その胸はうれしさと感謝の気持ちでいっぱいだったのですが、その目にはいつもと違う光がありました。

『ハイジと子どもたち』「長い冬」より

材料
　全粒小麦粉　300グラム
　バター　150グラム+1かけら
　（焼き型用）
　卵　5個
　塩　小さじ2分の1
　砂糖　50グラム
　ドライイースト　5グラム
　牛乳　150ミリリットル

 1時間

 ひと晩

 30分

9個分

1 まず、バターを冷蔵庫から出して柔らかくしておきます。次にパン種をつくります。ボウルに小麦粉75グラム、ドライイースト、牛乳75ミリリットルを入れて、柔らかめのボール状にまとまるまで優しく混ぜます。水500ミリリットル[分量外]を火にかけて沸かし、ぬるま湯になったらパン種のボウルを浮かべて発酵させます。1時間で2倍の大きさにふくらみます。

2 1時間後、残りの小麦粉をボウルに入れ、残りの牛乳、砂糖、塩を加えます。卵4個を1個ずつ加えて、そのつどダマにならないようによく混ぜます。1のパン種を加えて、生地を持ち上げたり、折りたたんだり、長く伸ばしたりしながらこねます。バターを生地に少しずつ塗りながら加えていきます。さらに生地をこね続けて、なめらかになったらボウルに入れ、ふきんをかけてひと晩寝かせます。

3 当日にはパン生地は2倍にふくらんでいます。オーブンを200度に予熱しておきます。ブリオッシュ型、またはスフレ型など高さのある型にバターを塗り、生地を個数分に切り分けて入れます。残りの卵を溶いて生地に塗り、オーブンで30分焼いてできあがりです。

*『イントラの仙女』はシュピリの小説の題名

ヤギのミルク

そのとき、おじいさんがヤギ小屋から出てきました。泡立つ白いミルクをたっぷり注いだお椀をふたつ持っています。クララとハイジのいるところに来ると、お椀を渡して、クララを励ますようにうなずきながら言いました。

「これはお嬢ちゃんの体にいい飲み物だ。スワンのミルクだよ。強い体をつくってくれる。さあどうぞ、えんりょしないで！」

それまでヤギのミルクを飲んだことがなかったクララは、ためらいがちに、ちょっと匂いをかいでみました。けれども、ハイジがお椀にとびついて、あまりのおいしさに息もつかず飲み干してしまったのを見て、同じように飲み始めます。そして、甘くていい香りのするミルクを一滴も残さず飲んでしまいました。まるで砂糖とシナモンが入っているような味でした。

ハイジをお手本にしてミルクを飲み終えたクララを見て、おじいさんは満足げに言いました。「明日は2杯飲むだろうな」

『ハイジは成長する』「山で過ごす3か月」より

第3章

都会:フランクフルト、
ローザンヌ、
チューリヒ

このままフランクフルトにいれば、ペーターの
おばあさんにあげるパンが1日に2個ずつ増
えることになるのです！　毎日の朝ごはんと
晩ごはんには、とても柔らかくて真っ白な小さ
いパンがひとつ、お皿の横に添えてありまし
た。ハイジはいつも、パンをすばやくポケット
に入れました。

『ハイジ』「ゼーゼマン家のたいへんな騒ぎ」より

ハイジの冒険は、山あいの村や、おじいさんとアルムで暮らす日々にとどまりませんでした。フランクフルトのゼーゼマンさんのお屋敷では、19世紀のドイツで裕福な人たちの食卓にのぼる洗練されたごちそうを初めて目にします。魚料理もアーモンドのババロアも食べたことがなかったハイジには、衝撃的な体験でした。その後、ヨハンナ・シュピリの生んだヒロインは、シャルル・トリッテンによる続編のなかで、フランス語圏スイスのレマン湖畔にある街ローザンヌに向かい、女子寄宿学校に入ります。ローザンヌでは、物語の書かれた20世紀前半、有能な主婦なら誰でも完璧にマスターしていた家庭料理に親しむようになります。1939年にはチューリヒで開催されたスイス国内博覧会を訪れ、アルプスイワナ［サケ科の淡水魚］とグラウビュンデン州名物の干し肉を組み合わせた料理や、なんとも魅力的なグロゼイユのタルトなど、当時のスイスを象徴する美食の数々を味わいました。

レシピ

フランクフルトの鯛のファルシ

ゼバスティアンはまだハイジの前に立っていました。何も言わず、笑うこともできずに、料理を取るのをじっと待っていたのです。ハイジはそんな相手を静かに見つめて言いました。

「これも食べなきゃだめ？」

この問いかけを聞いたロッテンマイヤーさんの顔が見たくて、ゼバスティアンはそちらに目をやりました。

『ハイジ』「新しい体験をするところ」より

材料
　鯛　1尾（約1キロ）
　サボイキャベツ［冬に旬を迎える緑色のキャベツ］　2分の1個
　ポロネギ　1本
　エシャロット　2個
　ホウレン草　100グラム
　セロリ　1本
　タマネギ　1個
　バター　50グラム
　レモン　1個
　パセリ　20グラム
　オリーブ油、塩、コショウ

 30分

 45分

 4人分

1　お店で鯛のうろこ取りと内臓処理をしてもらいます。レモンを薄く切ります。鯛に切り込みをいくつか入れて、レモンの輪切りを差し込みます。

2　キャベツを千切りにします。ポロネギ、エシャロット、ホウレン草、セロリ、タマネギは細切りにします。

3　ソテー用フライパンにバターを入れて火にかけ、野菜を入れてときどき混ぜながら15分蒸らし炒めます。塩とコショウをふります。

4　野菜を炒めながら、鯛にオリーブ油を塗り、塩とコショウをふります。

5　3の野菜の半量をみじん切りにして、鯛の中に詰めます。

6　大きめのオーブン皿に油を塗り、レモンの輪切りの残りとパセリの房を半量並べてから、オリーブ油を足します。その上に鯛をのせます。

7　アルミホイルでふたをして、200度のオーブンで30分焼きます。

8　焼きあがったら、残しておいたパセリと炒め野菜をのせたお皿に盛り付けます。ジャガイモやカブのピュレを添えて召し上がれ。

ウイーン風カツレツ

「ハイジとけんかしたことなんて、一度もなかったわよ」とクララも言いました。

「よかった。それを聞いてパパもうれしいよ。さてと、まずは食事してくるよ。今朝から何も食べていないんでね。そのあとで、持って帰ってきたおみやげを見てもらおう」と言いながら、ゼーゼマンさんは腰を上げました。

食堂に入ってきたゼーゼマンさんの前に、ロッテンマイヤーさんが向かい合って座りました。けれど、まるで不幸に目鼻がついたような顔をしています。

『ハイジ』「一家のあるじは世にもめずらしいことが起きているのを知る」より

材料
　豚肩ロース肉　4枚
　タマネギ　2個
　バター　50グラム
　クレーム・エペス　大さじ1
　アサツキ　20グラム
　固くなったパン　150グラム
　（パン粉またはオートミール
　でもよい）
　ハチミツ　大さじ1
　卵　1個
　油、塩、コショウ

 30分

 30分

 4人分

1　ふた付きのソテー用フライパンに油を入れて火にかけます。豚肉を片面あたり2分強火で焼き、お皿に取っておきます。

2　タマネギの皮をむき（水の中でむくと涙が出ません）、ごく薄く切ります。ソテー用フライパンに入れて混ぜ、透き通ってくるまで弱火で10分炒めます。ハチミツを加えて混ぜます。豚肉を戻し入れ、ふたをして弱火で15分ほど焼きます。

3　アサツキのクリームソースをつくります。アサツキを洗ってみじん切りにします。クレーム・エペスと合わせてフードプロセッサーにかけます。

4　衣を用意します。固くなったパン、またはオートミールをフードプロセッサーで細かくして、スープ皿に入れておきます。ボウルに卵を入れ、溶いておきます。

5　豚肉を卵液にくぐらせてから、両面にパン粉をつけます。バターを熱したフライパンで、片面あたり3分ほど強火で焼きます。

6　3のソース、タマネギのコンポートを添えてできあがり。

アルプスイワナのビュンドナーフライシュ包み

ピロティの上にある高級レストランのテラスで、みんなはたっぷり朝ごはんを食べました。おしゃべりの声はどんどんにぎやかになっていきます。テーブルの端には子どもたちが集まり、その日の予定が楽しみでしかたない様子で、笑い声をひびかせていました。けれど、食卓でいちばんうれしそうにしていたのは、まちがいなくハイジおばあちゃんでした。

『ハイジおばあさん』「博覧会で」より

材料
アルプスイワナの切り身　8枚
ビュンドナーフライシュ　16枚
エシャロット　3個
白ワイン（辛口）　120ミリリットル
バター　50グラム
ポワ・カセ［乾燥させて半分に割ったエンドウ豆］　500グラム
オリーブ油　大さじ3
アサツキ　10グラム
塩、コショウ

 25分

 30分

 4人分

1 お店でアルプスイワナを切り身にしてもらいます。エシャロットの皮をむき、ごく薄く切ります。魚の切り身にビュンドナーフライシュの薄切りを巻き付けます。オーブン皿にバターを塗り、エシャロットを並べて、魚の切り身をのせます。塩とコショウをふり、刻んだバターを散らして、白ワインをかけます。

2 180度のオーブンで30分焼きます。

3 鍋に水を2リットル入れて沸騰させ、粗塩［分量外］をひとつかみ入れてから、ポワ・カセを振り入れます。オリーブ油を加えて、軽く沸騰させながら20分煮込んだあと、粒がなくなるまでフードプロセッサーにかけます。アサツキを刻みます。

4 ビュンドナーフライシュで包んだ魚の切り身をお皿に盛り付けます。3のソースを添え、アサツキを散らします。

アルプスイワナ

高山地帯の湖に住むこの魚が、早くも石器時代の初期には切り身になっていたことをご存じでしたか？　マスやサケの仲間で、柔らかい肉質はまさにレマン湖の王様。スイスを代表する最高級の魚料理に使われています。

ヤギのチーズのパイ

ハイジはひもを切って、包みを開けました。小さくて真っ白なヤギのチーズが出てきたので、女の子たちはびっくりです。

「クリームチーズだ！」

「いやだあ、くさい！」

「かわいそうなハイジ。おじいさんったら、あんたが飢え死にしちゃうと思ったのよ」

「ひどい冗談ねえ！」

そしてみんなはひとしきり大笑いしました。

『若き娘ハイジ』「おじいさんからの贈り物」より

材料

小麦粉　300グラム
バター　200グラム
水　150ミリリットル
塩　ひとつまみ
シェーブルチーズ　4個（サン＝マルセランなどのミニサイズ、またはフレッシュタイプならどれでも）
卵　1個

 30分

 20分

 8個分

1　オーブンを180度に予熱しておきます。

2　パイ生地をつくります（この作業には時間がかかりますので、市販のパイ生地を使ってもかまいません）。バターを刻んで柔らかくしておきます。溶かさないでください。たとえば、ポムアンナ［薄切りジャガイモの重ね焼き］用の銅鍋のふたの上に置いておくといいでしょう。ボウルに小麦粉、水、塩を入れて混ぜ、丸くまとめます。麺棒を使って生地を正方形に伸ばし、中央に刻んだバターをのせます。生地の四隅を持ち上げ、バターを包むように内側に折って、麺棒でバターをつぶします。次に長方形に伸ばし、三つ折りにします。生地を4分の1回転させて、新たに長方形に伸ばし、三つ折りにします。この作業を6回くり返します。

3　生地を直径10センチ厚さ5ミリに伸ばし、ボウルを逆さまにして円形に抜きます(8枚)。半分に切ったシェーブルチーズを中央にのせ、半円形に折って、重なったふちをしっかり押さえて閉じます。

4　ボウルに卵を割り入れ、よく溶いてからパイの表面にハケで塗ります。天板にバターを塗り、パイを並べてオーブンで20分ほど焼きます。熱いうちに召し上がれ。

仔牛のフリカッセ

ハイジはディクテーションを52か所まちがえ、体育の授業では先生の号令が理解できませんでした。食事の時間に肉をお皿に取ろうとして、真っ白なテーブルクロスにシミをつけてしまいました。校長のラルベ先生はハイジをにらんで言いました。

「ここは村ではありませんよ。きちんとした作法を覚えなさい」

『若き娘ハイジ』「寄宿学校で」より

材料
　仔牛肉（煮込み用など）　12
　切れ
　新タマネギ　ひと束
　エシャロット　3個
　ニンジン　2本
　固形のチキンブイヨン　1個
　白ワイン（辛口）　250ミリ
　リットル
　にんにく　1片
　卵黄　1個
　バター　50グラム
　塩、コショウ

 15分

 55分

 6人分

1 エシャロット、ニンジン、にんにくの皮をむいて薄切りにします。新タマネギの皮をむきます。チキンブイヨンを熱湯500ミリリットル［分量外］に溶かしておきます。

2 煮込み用鍋にバターを溶かし、仔牛肉をこまめに返しながら10分ほど焼いて、焼き色をつけます。塩とコショウをふります。新タマネギ、エシャロット、ニンジン、にんにくを加え、白ワインも加えて強火にします。5分たったら弱火にして、ブイヨンを加えます。

3 40分煮込んだら、穴あきお玉を使って肉を取り出します。目の細かいこし器で煮汁をこしてから、卵黄を加えてとろみのあるソースをつくります。肉と野菜を鍋に戻し、ソースは別に添えます。

寄宿学校「レ・ゾベピーヌ」の軽食

「レ・ゾベピーヌへようこそ。旅は快適でしたか。お友だちのクララと同じように、あなたもここで満ち足りた日々を過ごせるよう願っています。おなかがすいていませんか。料理人のルイーズがコールドミートと果物を用意していますよ。ところで、脇にかかえているのは何です？　あら、バイオリン！」

『若き娘ハイジ』「寄宿学校で」より

材料

- ささ身　4枚
- 白ワイン　250ミリリットル
- コケモモのシロップ漬け　約200グラム（市販品）
- タマネギ　1個
- 無農薬レモン　1個
- 砂糖　大さじ2
- 酢　大さじ2
- エストラゴンのみじん切り　大さじ2
- 天板用の油
- 塩、コショウ

 40分

 ひと晩

 50分

人 4人分

1　前の日、ふた付きのボウルに白ワインとエストラゴンを入れます。タマネギの皮をむき、ごく薄く切ってボウルに加えます。レモンも薄切りにして加え、塩とコショウをふります。ささ身をこの漬け汁に入れ、ふたをして翌日まで冷暗所に置いておきます。

2　当日、コケモモの汁を切って、シロップは別に取っておきます。小鍋にコケモモの実、砂糖、酢を入れて、弱火で20分煮ます。

3　裏ごし器に目の大きい網をセットして、小鍋の中身をこします。コケモモソースは、お好みに合わせてシロップを足し、薄めてもかまいません。

4　オーブンを180度に予熱し、天板に油を塗っておきます。

5　ささ身の汁を切り、天板に並べてオーブンに入れ、30分焼きます。途中で肉の上下を返します。

6　肉を冷やしてから、トーストを添えて召し上がれ。

クレーム・ヴァニーユ

ティネッテはハイジを起こして、大急ぎで晴れ着を着せましたが、いつものように
ひと言も話しませんでした。ゼーゼマンさんが食堂に戻ってくると、朝ごはんの用
意はもうできていました。

「あの子はどこだ？」と、ゼーゼマンさんはたずねました。

『ハイジ』「アルムの夏の夜」より

材料
　卵黄　4個
　粗糖　100グラム
　牛乳　1リットル
　バニラビーンズ　1本

 10分

 10分

Ｚｚｚ ひと晩

 6人分

1 鍋に牛乳を注ぎ、さやを割ったバニラビーンズを入れて沸
騰させたのち、少し冷まして粗熱をとっておきます。

2 ボウルに卵黄と粗糖を入れ、泡立て器でそっと混ぜます。
1の牛乳を注いで、全体を火にかけ、すこしとろみのある
クリームになるまで木べらで混ぜ続けます。

3 とろみがついたらすぐに火からはずして、人数分の型に流
し入れ、冷めたら冷蔵庫に入れてひと晩冷やします。

アーモンドのババロア

料理を取ろうとしないハイジに、ゼバスティアンは根気よく、まるでお父さんのように語りかけるのでした。「さあどうぞ、お嬢さま。1回でやめないで、もう1回お取りください。とてもおいしいですよ」

『ハイジ』「ある面ではハイジの勝ち」より

材料

板ゼラチン　10グラム
アーモンドパウダー　150グラム
牛乳　250ミリリットル
カソナード　100グラム
クレーム・エペス　250ミリリットル
卵　3個
バニラパウダー　小さじ1
飾り付け用のアーモンド

 30分

 ひと晩

6個分

1 小さいボウルに氷水を入れ、板ゼラチンをふやかしておきます。厚手の鍋に牛乳とアーモンドパウダーを入れて混ぜ、沸騰する直前に火からはずします。

2 卵を卵黄と卵白に分け、卵白は別の使い道に取っておきます。ボウルに卵黄とカソナードを入れて、電動泡立て器で白っぽくなるまで泡立てます。1の牛乳を、泡立てながら少しずつ加えます。ボウルの中身を鍋に戻し、クリームにとろみがつくまで弱火で温めます。

3 1のゼラチンの水気をしっかり切って、火からはずした2の鍋のクリームに加えます。バニラパウダーも加えてよく混ぜます。クレーム・エペスをもったりとするまで泡立てて、クリームに加え、そっと混ぜます。6人分の型に流し入れて、冷蔵庫で翌日まで冷やし固めます。

4 食べる前にアーモンドをひと粒ずつ飾ります。

寄宿学校のアフタヌーンティー

次の日、ハイジとジャミーは子どもたちといっしょに、20年前に過ごした寄宿学校へと向かいました。思っていたとおり、知っている人はもう誰もいません。けれど、新しい校長と先生たちにはとても好感が持てました。お母さんふたりは、冬のあいだ娘たちを寄宿学校に入れることに決め、毎日手紙を送り合う約束をして別れました。

『ハイジと子どもたち』「すばらしいスイス旅行」より

材料

　お好みの小麦粉　300グラム
　ドライイースト　5グラム
　卵　3個
　バター　120グラム
　砂糖　80グラム
　干しブドウ　100グラム（または果物のコンフィ）
　焼き型用のバター

 10分

 30分

 8個分

果物のコンフィのプチケーキ

1 ボウルに小麦粉とドライイーストを入れてよく混ぜます。砂糖、卵、バター、干しブドウまたは果物のコンフィ（両方入れてもいいでしょう）を加えます。なめらかな生地になるまで、しっかり混ぜることが肝心です。

2 オーブンを180度に予熱しておきます。

3 焼き型（ミニパウンド型など）にバター［分量外］を塗り、生地を均等に流し入れて、オーブンでまず15分焼きます。この間、ケーキがよくふくらむように、温度は下げず、扉を途中で開けないようにしてください。15分たったら120度に下げて、さらに15分焼きます。ほんのり温かいケーキでも、冷ましてからでも、お好みで召し上がれ。

材料

小麦粉　250グラム

バター　100グラム

卵　1個

砂糖　50グラム

水　150ミリリットル

お好みのジャム

 10分

 15分

 8個分

フルーツのミニタルト

1 タルト生地をつくります。小麦粉、溶かしバター、水を混ぜて、卵と砂糖を加えます。手に小麦粉をつけて、生地が完全になめらかになるまでよくこねます。

2 麺棒で生地を厚さ約5ミリに伸ばし、お持ちのタルト型に合わせて切ります。型にバター［分量外］を塗り、生地を敷き込んで、お好みのジャムを入れます（アプリコット、イチゴなど）。生の果物があれば、ジャムと合わせるのもいいでしょう。柔らかさを残すよう、180度のオーブンで15分焼きます。

材料

固くなったパン　150グラム

バター　50グラム

砂糖　50グラム

卵　1個

ヘーゼルナッツパウダー
100グラム

ヘーゼルナッツ　8粒（飾り
付け用）

 10分

 15分

 8個分

ヘーゼルナッツのプチフール

1 パンをフードプロセッサーにかけてから、バター、砂糖、卵、ヘーゼルナッツパウダーと合わせて混ぜます。

2 生地を8等分して丸め、紙製の焼き型に入れます。

3 生地の上に飾り用のヘーゼルナッツをのせて、180度のオーブンで15分焼きます。

グロゼイユのメレンゲタルト

エリザベートは小さなチーズを選びました。ジャン＝ピエールは分厚いハムを1枚、ジャクリーヌはガランティーヌ［肉で詰め物を巻き、調理後に冷やして食べる］をひと切れ。ロベールはクリームをのせたグロゼイユのタルトを選び、鼻の頭とほっぺたと手をクリームだらけにしていました。みんなの飲み物は、シードルやレモネード、オレンジシロップでした。

『ハイジおばあさん』「博覧会で」より

材料
タルト生地：
小麦粉　200グラム
バター　150グラム
グラニュー糖　75グラム
バニラシュガー　1袋（7.5グラム）
卵　1個

フィリング：
グロゼイユ［赤スグリ］　2キロ
牛乳　500ミリリットル
卵　3個
グラニュー糖　50グラム
バニラシュガー　2袋（15グラム）
小麦粉　30グラム
焼き型用のバター

メレンゲ：
卵白　3個分
粉砂糖　50グラム

 45分

 45分

 8人分（28センチ
のタルト型）

1 ボウルに小麦粉、グラニュー糖、バニラシュガーを入れます。バター
を刻んで溶かし、ボウルに加えます。卵を割り入れます。全体が
なめらかになるまで混ぜ、丸くまとめます。作業台に打ち粉をし
て生地をのせ、麺棒で厚さ約5ミリに伸ばします。

2 次にフィリングをつくります。大きめの鍋に牛乳とバニラシュガー
を入れて沸騰させます。その間に、グラニュー糖と小麦粉をボウ
ルに入れ、卵を加えてよく混ぜます。熱い牛乳を少しずつ加えな
がら、さらに混ぜます。ボウルの中身を鍋に戻し、木べらで混ぜ
ながら、とろみのあるクリームになるまで弱火で10分加熱します。
混ぜ続けながら最後に2分間強火にかけて、火からはずします。こ
れでカスタードクリームができました。

3 オーブンを180度に予熱しておきます。タルト型にバターを塗り、
1の生地を敷き込んでフォークで穴をあけます。カスタードクリー
ムを流し入れて、木べらで広げます。

4 グロゼイユの軸を取り、クリームの上にすき間なく並べます。オー
ブンに入れて30分焼きます。

5 その間にメレンゲをつくります。ボウルに卵白を入れ、塩をひと
つまみ［分量外］加えます。電動泡立て器を使って、泡が固まっ
てきたら粉砂糖を加え、しっかりツノが立つまで泡立てます。

6 タルトをオーブンから出して、メレンゲを塗り広げます。オーブ
ンの温度を120度に下げて、メレンゲが色づくまで10分ほど焼きます。
冷ましてから召し上がれ。このレシピはミニタルト型でもつくれます。

塩鉱山のパン

食事どき、ヴィジナン先生は少し心配になりました。

「アネット、どうして食べないの？」

「おなかがすいてないんです」

「べーの塩鉱山に行ったとき、おやつを食べすぎたのね。何を食べたの？」

「はちみつを塗った大きなパンです。とてもおいしかったです」

『ハイジと子どもたち』「アネットの病気」より

材料
　そば粉　200グラム
　トウモロコシ粉　200グラム
　ドライイースト　15グラム
　カルダモンパウダー　小さじ
　1
　バター　50グラム＋天板用に
　少量
　ヤギのミルク　大さじ3
　粗糖　大さじ3
　卵　2個

1　オーブンを180度に予熱しておきます。ボウルに2種類の粉とカルダモンパウダーを入れて、よく混ぜます。

2　粉の中央にくぼみをつくり、卵を割り入れて、ドライイースト、ヤギのミルク、粗糖を加えます。泡立て器で混ぜ始め、あとでフォークに持ち替えて混ぜます。

3　バターを溶かして2の生地に加え、しっかりこねます。10個ほどに分けて同じ大きさに丸めます。大きいパンをひとつつくる場合は、ケーキ型にバターを塗って入れましょう。

4　天板にバターを塗り、丸めた生地を並べてオーブンで20分焼きます。焼きたて、または冷まして、ハチミツを塗って召し上がれ。

 20分

 20分

 約10個分

第4章

ハイジの国で

湖！　山！　何もかもほんとうに穏やかで、まるでアルムにいるようでした。まんまるな満月が少し前から出ていて、水面に映ったその光は金色の長い尾を引いています。もっとよく見ようと、ハイジは涙をこらえました。湖のおかげで、この国が好きになれるような気がしていました。

『若き娘ハイジ』「寄宿学校で」より

『ハイジ』を読むこと、それはスイスを知ることです。湖と山のある風景、穏やかな暮らし、伝統、そして美食。ヨハンナ・シュピリ自身も、短編集『ハイジの国で』のなかで故郷スイスを描写しています。また、シュピリが子ども向けに書いた小説『コルネリ』や『故郷を失って』には、風味豊かな果物や甘いコンポート、元気の出るおやつ、バターやジャムを塗った焼きたてのパンを食べる場面が出てきます。シャルル・トリッテンの作品では、ハイジは成長して母になり、やがて孫を持つ身になりますが、愛してやまない祖国を何度も旅しています。そこに登場するのはベルニナ山のポレンタ、南部で採れるイチジクのジャム、野の花のブイヨンスープ、甘い味も塩味もある伝統料理スムール・オ・レ［セモリナプリン］、有名なフェレンベルク種のプラムを使ったタルト、そして、忘れてはならない伝説のお菓子、エンガディン地方のクルミのケーキ。さあ、旅に出ましょう！

レシピ

ベルニナ山のスープ

湯気が立つスープの鉢は、子どもたちの待ちきれない思いをすっかり落ち着かせてくれました。食事の席につくと、外遊びでお腹がすいていたみんなは、おいしそうにポタージュを飲み始めました。

『ハイジの国で』「幸せの道」より

材料
　ニンジン　500グラム
　ポロネギ　2本
　ズッキーニ　3本
　ジャガイモ　2個
　ビール（またはシードル）
　250ミリリットル
　タマネギ　1個
　にんにく　1片
　ブーケガルニ　ひと束
　バター　50グラム
　粗塩　大さじ1
　挽きたてのコショウ
　細切りチーズ（お好みで）

 25分

 30分

 6人分

1 煮込み用鍋にバターを入れて溶かし、ビール（またはシードル）とブーケガルニを加えます。粗塩とコショウをふります。タマネギの皮をむき（水の中でむくと涙が出ません）、ごく薄く切ります。にんにくも同じように薄く切ります。どちらも鍋に加えて、弱火で10分ほど軽く炒め煮にします。

2 その間に、ニンジンの皮をむき、小さいさいの目切りにします。ジャガイモも同じように切ります。ポロネギの根を切り落とし、ていねいに洗ってから千切りにします。キッチンはさみを使うといいでしょう。ズッキーニをさいの目切りにします。

3 1のタマネギが透き通って柔らかくなってきたら、2の野菜を加えて、火にかけながら少なくとも5分間ていねいに混ぜます。こうすることで、野菜に煮汁がよく染み込みます。

4 野菜がひたるまで水［分量外］を加え、沸騰させて20分ほど煮込みます。ブーケガルニを取り出してからお皿に盛ります。お好みで細切りチーズをかけ、バターを塗った黒パンを添えてどうぞ。

ポレンタのオーブン焼き

「よろしい、ではお入りなさい」と言って、女の人は子どもたちの前をゆっくりと歩き、談話室に案内しました。晩ごはんのテーブルには、ポレンタのお皿が置いてあります。宿の女主人は、テーブルの向こうにあるベンチに座るよう、手ぶりで示しました。マドはすみっこに座ると、すぐ眠りこんでしまいました。いっぽう、ピエロはもりもり食べました。長い道のりを走ってきたので、これ以上おいしい食べ物はないように思えました。

『ハイジの国で』「ベルニナ山の子ども」より

材料
　細挽きのポレンタ粉　500グラム
　アサツキ　20グラム
　水　1.5リットル
　オリーブ油　150ミリリットル
　バター　50グラム
　グリュイエールチーズ　250グラム
　粗塩　大さじ1

 10分

 30分

 6人分

1 鍋に水を入れて火にかけ、粗塩を加えます。沸騰したらポレンタ粉を振り入れて、すぐに木べらで混ぜ、弱火にします。アサツキを細かく刻みます。

2 バターとオリーブ油を1に加え、混ぜながら5分煮込みます。泡が出てきたら火を止めて、バター［分量外］を塗ったグラタン皿にポレンタを流し入れます。

3 グリュイエールチーズをすりおろしてポレンタにかけ、180度のオーブンで30分焼きます。アサツキを散らしてできあがり。

4 食事のあと、残ったポレンタは四角く切ってフライパンで焼いても、揚げてチップスにしてもいいでしょう。

ポレンタ

スイス南部の ティチーノ州では何世紀もの間、ポレンタ（トウモロコシ粉を煮たおかゆ）が栗と並ぶ主食になっていたことをご存じでしたか？　言い伝えによると、聖人カルロ・バルトロメオは、飢饉に見舞われたティチーノ州の人々が苦しむ姿に心を痛め、毒のある植物を食べられる穀物に変えたのだそうです。

野の花のブイヨンスープ

「あ、そうか！ ねえママ、前に台所で大きなハチミツのびんを見つけて、すごく喜んでたよね？ あのびんを置いていったのも、あの人だよ。何日か前の、リンゴのベニエも！ 覚えてる？ キャトがスープを持ってきてくれたとき、ママはお礼を言ったけど、なんの話かわからないって、キャトは言ってたよね。きっとぜんぶ、アンドレがこっそり置いていった贈り物なんだよ」

『ハイジの国で』「幸せの道」より

材料

エディブルフラワー　20グラム
ベーコン　1枚（または鶏ガラ）
ニンジン　1本
セロリ　1本
タマネギ　2個
エシャロット　1個
にんにく　2片
クローブ　3粒
ブーケガルニ　ひと束
塩、コショウ

1 にんにくとタマネギの皮をむき、タマネギにクローブを刺しておきます。ニンジンとエシャロットは皮をむいてからざく切りにします。セロリを鍋に入る長さに切ります。大きめの煮込み用鍋に水を半分入れて火にかけ、ブーケガルニ、タマネギ、にんにく、ニンジン、セロリ、エシャロットを加えます。

2 ベーコンを水で洗い、沸騰した鍋に加えます。ローストチキンを食べたあとの骨など、鶏ガラがあれば一緒に加えます。

3 アク取り用のお玉で、沸騰とともに浮いてくるアクがなくなるまで取ります。鍋のふたをして、弱火で45分煮込みます。

4 ブイヨンをこして塩コショウで味付けをする。お皿に盛り付け、エディブルフラワーを散らして召し上がれ。

 30分

 45分

 6人分

パテのパイ包み

みんなはもっと高級な食べ物のある国に行きたいと思っていました。ここから10里離れた島には、ハムとソーセージとシチューでできた山がほんとうにあって、ペルーの金山のように穴が掘ってあると言う人もいました。その島の小川にはクリームが流れていて、家の壁はパテを包んだパイでできているのだそうです。

『コルネリ』「友だち」より

材料
パイ生地：
全粒小麦粉　300グラム
バター　150グラム＋1かけら
（焼き型用）
卵　3個

フィリング：
豚ヒレ肉　300グラム
ベーコン　400グラム
鴨のフォアグラ　1個
ハム　150グラム
エシャロット　2個
マデイラ酒　70〜80ミリリットル
牛乳　70〜80ミリリットル
キャトルエピス［4種類の香辛料の粉末を混ぜたもの］
小さじ1
塩、コショウ

1　まずパイ生地をつくります。ボウルに全粒小麦粉を振り入れ、塩をひとつまみ［分量外］加えて混ぜます。バターを溶かして加え、そっと混ぜます。水150ミリリットル［分量外］を加えます。卵を割って卵黄と卵白に分け、卵白は別の使い道に取っておきます。卵黄を加えて、生地がなめらかになるまでこねます。生地の水分が多すぎてねばつくようなら、小麦粉を足してください。あまり固すぎない、ゴムボールくらいの生地にまとまったら、冷暗所に置いておきます。

2　フィリングをつくります。フォアグラの表面の脂を削って、フライパンで溶かします。ハムをさいの目切りにします。豚ヒレ肉の半分とベーコンの半分を細切りにします。切ったハムと豚ヒレ肉とベーコンをフライパンに入れ、弱火で10分ほど軽く炒めます。

3　炒めながら、エシャロットの皮をむいてみじん切りにします。フライパンに加えて炒め、塩とコショウをふります。キャトルエピスを加え、マデイラ酒を振りかけてよく混ぜます。

 35分

 2時間10分

 ひと晩

8人分（長さ30センチのテリーヌ型）

4 残りの豚ヒレ肉とベーコンをフードプロセッサーにかけ、
　コショウをふってしっかり混ぜます。フォアグラを薄く切
　ります。

5 テリーヌ型にバター［分量外］を塗り、パイ生地を厚さ5ミ
　リに伸ばして敷き込み、型のふちから生地を2センチ出し
　ておきます。余った生地を厚さ約3ミリに伸ばして、ふた
　になる部分をつくっておきます。

6 オーブンを180度に予熱しておきます。テリーヌ型の底に、
　4でフードプロセッサーにかけた詰め物を厚さ1センチ分敷き、
　次に3で炒めた具材、最後にフォアグラのスライスをのせます。
　材料がなくなるまで、この順番で詰めていきます。

7 5でつくったふたをのせ、重なったふちをしっかり押さえ
　て閉じます。焼き色がつくように、ハケを使ってふたの表
　面に牛乳を塗ります。細い綿棒などを使って、ふたに2か
　所ほど穴を開けます。アルミホイルなどで小さい円筒をつ
　くり、煙突のように穴に差し込みます。こうすることで、
　パイがふくらむのを防ぎます。

8 オーブンで2時間焼きます［焦げそうなときはアルミホイルを被
　せてください］。冷ましてから、翌日まで冷蔵庫で冷やして
　おきます。

レスリのパン

「おいしいパンをリンゴや梨と交換するのはもったいないって、わかったんだね！
そりゃよかった。焼きたてのパンがあるよ。大きいのをあげよう。おいで」

農家のおかみさんは、家に入ると丸いパンをたっぷりとした厚さに切りました。

『ハイジの国で』「ばらのレスリ」より

材料

　水　500ミリリットル

　バター　50グラム

　塩　小さじ2

　そば粉　500グラム

　ドライイースト　8グラム

　卵黄　1個

 15分

 20分

 800グラムのパン
　　　　　　1個

1 ボウルにそば粉とドライイーストを入れ、ていねいに混ぜ
ます。イーストが粉全体にいきわたると、ふんわりと軽い
パンに仕上がります。溶かしバターと塩を加え、水も加えて、
きれいな丸い形にまとまるまで、時間をかけてこねましょう。
必要ならそば粉を足し、こねるときは手に粉をつけてくだ
さい。

2 生地の形をお好みに合わせて整えます。高さ5センチを超
えないようにしてください。天板にバターを塗り［分量外］、
生地をのせます。焼き色がつくよう、ハケを使って表面に
卵黄を塗ります。オーブンの中段に入れ、210度で20分焼
きます。

スムール・オ・レ

リズレットはなんとか病人を喜ばせたいと思って、あれこれと尋ね、やっと何が食べたいか聞きだすことができました。おいしいスープと、保存棚に入れてある肉を少し。大工はリズレットに、スムール・オ・レをつくって食べるように言いました。

『ハイジの国で』「幸せの道」より

材料
　細挽きのセモリナ粉　200グラム
　牛乳　500ミリリットル
　卵　4個
　グラニュー糖　50グラム
　バニラビーンズ　1本
　角砂糖　100グラム

 30分

 30分

 8個分

1 牛乳を入れた鍋を火にかけ、さやを割ったバニラビーンズを加えます。沸騰したらグラニュー糖を加えて、溶けるまで混ぜます。セモリナ粉を振り入れながら10分ほど混ぜ続け、火からはずしておきます。

2 卵を割って卵黄と卵白に分け、卵黄を2のセモリナ生地に加えてよく混ぜます。次に、卵白をツノが立つまでしっかり泡立ててから加え、そっと混ぜます。

3 カラメルソースをつくります。鍋に角砂糖と水75ミリリットル［分量外］を入れ、弱火で温めます。砂糖が色づいてきたら、火からはずします。スフレ型にカラメルソースを少しずつ注ぎ、その上に2のセモリナ生地を流し入れます。170度のオーブンで20分ほど湯煎焼き［天板などにお湯を入れ、容器を並べて焼く］にします。

4 よく冷やして召し上がれ。

　　　＊塩味のスムール・オ・レをつくるときは、甘い食材をすべて省いて、すりおろしたグリュイエールチーズ100グラムを加えます。

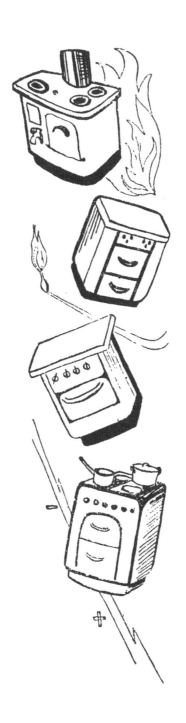

ローストチキン カリフラワー添え

待ちきれなくてうずうずしていたオットーとミゼットは、誰よりも早くテーブルに座っていました。ふたりの両親もようやく姿を見せて、食卓に着きます。スープのあとには、ふたをした大皿が運ばれてきました。お祝いの料理です！　ふたを取ると、ちょうどいい焼き色のみごとなローストチキンと、まるで庭で採れたばかりのように新鮮なカリフラワーの付け合わせが並んでいました。

『ハイジの国で』「幸せの道」より

材料
ロースト用の鶏　1羽
カリフラワー　1個（小房に
分けたもの）
粗塩　大さじ1
バター　125グラム
パセリ　20グラム
カルダモンパウダー　小さじ1
クミン　小さじ1

 5分（前日）

 ひと晩

 1時間

6人分

1 前の日、鶏に粗塩をしっかりとすり込んで、冷蔵庫に入れておきます。バターを溶かして、パセリ、カルダモンパウダー、クミンを加え、クリーム状になるまでフードプロセッサーにかけます。

2 当日、鶏に1のソースを塗って、220度のオーブンで1時間焼きます。

3 焼いている間にカリフラワーを蒸しておき、食べる時間の15分前にローストチキンを盛ったお皿に並べます。

4 チキンが焼きあがったら、焼き汁を集め、フードプロセッサーで乳化するまで混ぜてから、シノワ［底のとがったこし器］でこします。このソースは、カリフラワーにかけたり、チキンに添える黒パンのトーストに塗ったりするといいでしょう。

プラムのタルト

エミリーはレオンティーヌ夫人のところから戻ったばかりでしたが、玄関前の階段にいて、そわそわした様子でつま先を鳴らしながら、招待客のほうを見ていました。若いお客さまがお着きですと、メイドが知らせてくれたのです。そのお客さまのために、フィリップおじさまはローストチキンとプラムのタルトをつくらせていました。待ちきれなくなって招待客の前に走っていくと、エミリーはアントワーヌにあいさつの手をさし出しました。

『ハイジの微笑』より

材料
　タルト生地：
　栗の粉　200グラム
　バター　150グラム
　水　150ミリリットル

　フィリング：
　プラム　1キロ（クエッチ［ア
　ルザス産の品種］またはミラ
　ベル［ロレーヌ産の品種]）
　てんさい糖　50グラム
　アーモンドパウダー　50グラ
　ム
　卵　2個
　クレーム・エペス　250ミリ
　リットル
　シナモンパウダー　小さじ1
　バター　25グラム（焼き型用)

 30分

 30分

 8人分（直径28セン
チのタルト型)

1 オーブンを210度に予熱しておきます。タルト型にバターを塗っておきます。ボウルに栗の粉を入れます。鍋に小さく刻んだバターを入れて溶かし、ボウルに加えます。水を加えてこね、丸くまとめます。

2 作業台に打ち粉をして生地を厚さ約5ミリに伸ばし、タルト型に生地を敷き込み、フォークで穴をあけます。

3 電動泡立て器を使って、てんさい糖、シナモンパウダー、卵、クレーム・エペスを混ぜ、少しもったりとするまで泡立てます。プラムを半分に切り、種をはずしておきます。

4 タルト型の生地にアーモンドパウダーを振りかけ、プラムの断面を下向きにしてぎっしりと並べます。すき間にフィリングを流し入れます。

5 オーブンで30分焼きます。

プラムのタルトは伝統菓子

フランス語圏スイスのプロテスタント州では、1832年から連邦断食祭として定められている9月の第3日曜日に、「プリュノー」［スイスで「プラム」を指す］またはクエッチのタルトを食べる伝統があることをご存じでしたか？スイス人は1年に平均1キロのプラムを食べています。この国のプラムの王様はフェレンベルクという品種です。

フランボワーズのシロップ

「まあ、いい香り。まるで森で摘んできたばかりのフランボワーズみたい。少しちょうだい。お水も入れてね」

リズレットが大きなグラスにつくったシロップを、お母さんはひと息に飲んでしまいました。

「さっぱりしておいしい」と、お母さんはグラスを返しながら言いました。「もう持っていっていいわ。でも、あまり遠くに置かないでね。とってものどが渇いているから、ひとりで飲み干してしまいそうよ。わたしをこんなに喜ばせてくれるのは、いったい誰なのかしらね」

『ハイジの国で』「幸せの道」より

材料
　新鮮なフランボワーズ　3キロ
　シュガーシロップ　2リットル
　バニラビーンズ　1本
　オレンジの皮　1個分

 30分

発酵時間　3日

シロップ　3リットル
　の量

1 果物を洗って、よく水気を切っておきます。

2 カーボイ［ガラスやプラスチックの大容量びん］など、適切な大きさの容器にシュガーシロップを入れ、オレンジの皮を加えます。

3 バニラビーンズのさやを割って、種を容器に加えます。

4 フランボワーズを加えて、容器を密閉します。

5 3日後に容器の中身をこします。調理用のガーゼやさらしを使うといいでしょう（こしたあとのフランボワーズの実は、クランブル［そぼろ状の甘いトッピング］などに使えます）。

6 よく冷やして召し上がれ。

リコのイチジクジャム

庭に出たメノッティ夫人は生け垣のそばまで行き、芝生の上に座ってあたりを見まわしました。花盛りのキョウチクトウや、実をつけたイチジクの木を眺めていると、前の日のことが思い出されてきます。夫人はそっとつぶやきました。

「私のものではないけれど、この家と庭の修復ができるなら、どんなにうれしいことか」

『故郷を失って』より

材料
　イチジク　2キロ
　グラニュー糖　750グラム
　シナモンパウダー　小さじ1
　レモン　1個
　水　500ミリリットル

 30分

 1時間30分

 250グラム入りの
容器6個分

1　水を入れたジャム用鍋にグラニュー糖を入れて溶かし、火にかけて沸騰させます。

2　イチジクの軸を取り、そっと洗って、皮ごと薄切りにします。

3　沸騰して15分たったら、イチジクを加えて中火にします。レモンの果汁、シナモンパウダーも加えて、かき混ぜながら1時間煮ます。

4　ジャムの煮え具合を確かめるには、小さじ1杯分を冷まし、指でつまんでみてください。しっかり粘りがあればできあがりです。粒のないなめらかなジャムがお好みなら、目の大きい網をつけた裏ごし器でこしてください。

5　容器に入れ、冷ましてからふたをします。

リンゴのコンポート

長いあいだ太平洋を船で進んでいくと、やがて遠くに砂糖の島が見えてきました。そこにはコンポートの山や、氷砂糖とキャラメルの岩があって、平原にはシロップの川が流れていました。

『コルネリ』「友だち」より

材料
　リンゴ　2キロ（品種はできれば酸味と歯ごたえがあるレーヌ・デ・レネット）
　砂糖　200グラム
　オレンジ　1個
　シナモンスティック　1本

 15分

 20分

コンポート　1キロ
の量

1 新鮮なリンゴの皮をむき、芯をとってひと口大に切り、鍋に入れます。砂糖とオレンジの輪切りを加えて火にかけます。シナモンスティックも加え、ときどき混ぜながら中火で20分ほど煮ます。

2 火を止めたらオレンジを取り出します。冷やして召し上がれ。

レーヌ・デ・レネットというリンゴ

ご存じでしたか？　スイスでもとくに愛されているレーヌ・デ・レネット（略してレネット）は、有名なウィリアム・テルが弓の的にしたリンゴだったかもしれません。ウィリアム・テルの物語は7世紀以上前にさかのぼります。歴代のフランス国王に仕えていたスイス傭兵によって、このリンゴはフランス語圏スイスに伝えられました。

エンガディナートルテ

みんなはテーブルにつきました。もし今、誰かがここに来たとしても、食卓を囲むどの顔がいちばんうれしそうに見えるか、とうてい決められなかったでしょう。半分に切った大きなトルテを、それぞれが食べ始めました。テーブルの上を広くするために、残りの半分は床の上に置いてありました。食事は山のような量でしたし、とても楽しい時間でした。こんな食事は今までしたことがないと、誰もが思うほどでした。

『ハイジの国で』「幸せの道」より

材料
　生地：
　全粒小麦粉　350グラム
　バター　150グラム＋1かけら
　（焼き型用）
　卵　2個
　牛乳　150ミリリットル

　フィリング：
　クルミ　200グラム
　アーモンド　50グラム
　アーモンドパウダー　50グラム
　バニラパウダー　大さじ2
　ハチミツ　200グラム
　クレーム・エペス　250ミリ
　リットル
　卵　2個＋1個（焼く前にふた
　に塗る分）

1 オーブンを180度に予熱しておきます。高さのあるタルト型にバターを塗っておきます。ボウルに全粒小麦粉を入れます。鍋に小さく刻んだバターを入れて弱火で溶かし、ボウルに加えます。卵と牛乳を加えてこね、丸くまとめたら生地を3分の2と3分の1に分けます。作業台に打ち粉をして、大きい方の生地を厚さ約5ミリに伸ばし、タルト型に生地を敷き込み、フォークで穴をあけます。

2 ボウルにハチミツとバニラパウダーを入れて混ぜます。クルミとアーモンドを粗めにつぶしてボウルに加えます。卵とクレーム・エペスも加えて混ぜます。タルト型の生地にアーモンドパウダーを振りかけて、フィリングを流し入れます。

3 もう一方の生地を厚さ約5ミリに伸ばし、タルト型の大きさに合わせて丸く切ります。フィリングの上にかぶせ、生地の端を指でしっかりはさんで閉じます。卵を溶き、ハケを使ってふたの表面に塗ります。オーブンに入れて45分焼きます。

4 お好みに合わせて、熱いうちに、または冷やしてどうぞ。古めかしい食べ方かもしれませんが、ぜひバニラアイスクリームを添えてください。

 40分

 45分

 8人分（直径28センチのタルト型）

洋梨のカラメルソース

リズレットはジャンの手をそっと握りました。

「仕事が多すぎるの」と言い訳をして、「この梨の山を見て！　どんなにがんばっても、朝から晩までかかるのよ！（中略）」

その言葉が終わらないうちに、ジャンが思いきり体を揺らしたので、梨のかごは床に落ちました。ジャンも、かごも、梨も、ばらばらの方向に転がっていきました。

『ハイジの国で』「幸せの道」より

材料

洋梨　6個（ウィリアムス種）
バター　100グラム
アガベシロップ　50グラム
黒砂糖　100グラム
水　500ミリリットル

 30分

 30分

 6人分

1 洋梨の皮をむいて半分に切り、芯をていねいに取ります。フライパンにバターを入れて弱火で溶かします。アガベシロップを加えてバターと混ぜ、洋梨の切った面を下向きにして並べます。フライパンにふたをして、ごく弱火にかけます。上下を返そうとすると崩れてしまうので、そのままで20分ほど加熱して、バターとシロップを果肉にしみ込ませます。

2 その間に、鍋に水を入れて黒砂糖を溶かし、カラメルをつくります。スプーンを使ったり、鍋をそっと左右に揺すったりしながら混ぜ続けます。茶色く色づいたら火を消して、カラメルを取っておきます。

3 お皿に洋梨を2切れずつ並べてカラメルをかけます。クレーム・エペスとプレーンビスケットを添えて召し上がれ。

ビュンドナートルテ？　エンガディナートルテ？

実は、このふたつはよく取り違えられています。ご存じでしたか？　ビュンドナートルテ（グラウビュンデン州のクルミのトルテ）は、大量のクルミ、砂糖、クリームを使ったフィリングをタルト生地で包んだケーキ、そして本来のエンガディナートルテ（グラウビュンデン州にあるエンガディン地方のトルテ）は、バタークリームと薄い生地を交互に重ね、ふたの上にはアーモンドを敷き詰めた形で、先に誕生したビュンドナートルテより洗練されたお菓子なのです。その誕生は1930年、ポントレジーナ［エンガディン地方のリゾート地］のパティシエ、オスカー・コーヘンドルファーが考案したそうです。

リュシエンヌのアーモンドクリーム

コルネリは大忙しでした。台所では、ジュリエットに味見させてもらったリンゴのケーキとプラムのケーキを見つけました。配膳室に行くと、リュシエンヌがクリームとアーモンドのデザートをつくっているところでした。

『コルネリ』「変身」より

材料

- アーモンドパウダー　250グラム
- 黒砂糖　50グラム
- 板ゼラチン　15グラム
- クレーム・フルーレット　500ミリリットル
- 牛乳　250ミリリットル

 10分

 10分

 ひと晩

6個分（直径8センチのスフレ型）

1 氷水を張ったボウルに板ゼラチンを入れて、ふやかしておきます。その間に、鍋にアーモンドパウダー、牛乳、黒砂糖を入れて弱火にかけ、沸騰させないように注意して温めます。熱いうちにシノワでこします。板ゼラチンの水気をしっかり切り、こした生地に加えて溶かします。

2 泡立て器でよく混ぜ、冷ましておきます。

3 クレーム・フルーレットをツノが立つまで泡立ててから、2に加えて混ぜ、人数分の スフレ型に流し入れます。冷蔵庫で翌日まで冷やし固めます。プレーンビスケットやイチゴを添えて召し上がれ。

レオンティーヌ夫人のデザート

メイドのキャシーだけが、決まりを守ろうとするレミの努力をほめてくれました。家族のなかでいちばん型破りな人間がいなかったので、レミの仕事はやりやすくなりました。ちょうどその頃、エミリーはレオンティーヌ夫人のお宅に招かれていたのです。夫人はエミリーのためにおいしいデザートをつくってくれていました。

『ハイジの微笑』より

材料
　黄桃　4個
　赤糖　250グラム
　バニラビーンズ　2本（または天然のバニラパウダー　大さじ1）

　クレーム・アングレーズ：
　卵　8個
　砂糖　200グラム
　牛乳　1リットル
　バニラビーンズ　1本

 45分

 40分

 4人分

1 まずシュガーシロップをつくります。水1リットル［分量外］を沸騰させて、赤糖とバニラパウダーを加えます。バニラビーンズを使う場合は、さやを割って、種をかき出します。弱火で10分ほど煮ます。

2 その間に、大きめの鍋にお湯を沸かして、桃をまるごと入れます。5分ゆでたら取り出し、冷ましてから皮をむきます。半分に切ったら種をていねいに取り除きます。切った桃を1のシロップに入れ、弱火で20分ほど煮ます。

3 クレーム・アングレーズを作ります。バニラビーンズのさやを割って、種をかき出します。鍋に牛乳を入れ、バニラビーンズの種とさやを加えて沸騰させます。

4 卵を割って卵黄と卵白に分け、卵白はメレンゲなど別の使い道に取っておきます。ボウルに卵黄を入れて砂糖を加え泡立て器を使って白っぽくなるまで混ぜます。

5 3の牛乳が沸騰したら、4の卵黄のボウルに注いでよく混ぜます。クリームを鍋に戻し、ごく弱火にかけます。木べらで混ぜながら、クリームが木べらから離れなくなるまで10分ほど加熱します。さらになめらかなクリームがお好みなら、シノワでこしてもいいでしょう。食べる前に冷ましておきます。

6 クレーム・アングレーズを広げた上に桃を盛り付けます。

ゼップリのパン・デピス

コルネリはモミの木を見つめたまま、ゆっくり歩いていきました。けれども、食卓には思いがけない物が並んでいたので、おどろいて足を止めました。お皿の上には、見たこともない大きさのパン・デピス［香辛料たっぷりのパン、クリスマスの定番品］があります。そのまわりには、真っ赤なリンゴと大粒のクルミがたくさん飾られています。そしてお皿の横には、学校で使う物がぜんぶ入る通学用のかばんが置いてあったのです。

『コルネリ』「みんなの喜び」より

材料
　小麦粉　250グラム
　液状ハチミツ　250グラム
　てんさい糖　50グラム
　クレーム・エペス　100ミリリットル
　キャトルエピス［4種類の香辛料の粉末を混ぜたもの］
　大さじ2
　シナモンパウダー　大さじ2
　ドライイースト　1袋
　バター（焼き型用）

 30分

 30〜35分

 2個分（約12センチ×13センチのミニパウンド型）

1　オーブンを150度に予熱しておきます。ボウルに液状ハチミツを入れ、次にクレーム・エペス、最後にてんさい糖を加えて、そっと混ぜます。別のボウルに小麦粉、ドライイースト、キャトルエピス、シナモンパウダーを混ぜておきます。

2　1の最初のボウルに、粉類のボウルの中身を少しずつ入れながら混ぜます。ダマができないように注意して、生地がなめらかになるまで混ぜましょう。

3　焼き型（お好みで1個または2個）にバターを塗り、生地を流し入れます。

4　オーブンに入れて30分から35分焼きます。パン・デピスを焼いているときは、とびきりいい香りがします！

参考文献

Johanna Spyri, *Heidi*, sans mention de nom de traducteur, Flammarion, 1958.

Johanna Spyri, *Heidi grandit*, sans mention de nom de traducteur, Flammarion, 1958..

Heidi jeune fille, sans mention de nom d'auteur ni de traducteur, Flammarion, 1958.（『それからのハイジ』ブッキング、2003 年）

Charles Tritten, *Heidi et ses enfants*, Flammarion, 1958.（『ハイジの子どもたち』ブッキング、2003 年）

Charles Tritten, *Heidi grand'mere*, Flammarion, 1958.

Johanna Spyri, *Le sourire de Heidi*, adaptation de Nathalie Gara, Flammarion, 1959.

Johanna Spyri, *Au pays de Heidi*, traduit par Charles Tritten, Flammarion, 1958.

Johanna Spyri, *Sans patrie*, sans mention de nom de traducteur, Flammarion, 1958.

Johanna Spyri, *Kornelli*, adaptation de Charles Tritten, Flammarion, 1940.（『コルネリの幸福』偕成社、1974 年）

アンヌ・マルティネッティ著作一覧

Le Masque, histoire d'une collection, Encrage, 1997

La Colline ecarlate, Le Masque, 1999

La Ville du chatiment, Le Masque, 2001

Cremes et chatiments, recettes delicieuses et criminelles d'Agatha Christie, Lattes, 2005（『アガサ・クリスティの晩餐会　ミステリの女王が愛した料理』早川書房、2006 年）

La Cuisine des series, Librio, 2006

Les Petites recettes modeles, d'apres la Comtesse de Segur, Aubanel, Prix Antonin Careme, 2007

Desserts a lire et a croquer, Mango, Prix Jeunesse du Festival de Perigueux, 2007

Faim de series, Hachette Pratique, 2008

La Sauce etait presque parfaite, 80 recettes inspirees par Alfred Hitchcock, Cahiers du cinema, Gourmand Cookbook Award, 2008

Bernard Werber, le roi des fourmis, Gutenberg, 2008

Londres en bonne compagnie, Dakota, 2008

New York en bonne compagnie, Dakota, 2008

Alimentaire, mon cher Watson, Le Chene, Prix du jury, Grand Prix de litterature culinaire, 2010

La Cote d'Azur en bonne compagnie, Dakota, 2010

Les Recettes de Barbapapa, Le Dragon d'or, 2012

Crimes glaces, Marabout, Gourmand Cookbook Award, 2013

Le Pacte des Assassins, Rageot, 2013

Agatha, la vraie vie d'Agatha Christie, Marabout, 2014

Agatha Christie de A a Z, Telemaque, 2014

L'Inconnue de Queen's Gate, Marabout, 2015

Les Ombres de Torquay's Manor, Marabout, 2015

Cuisines de la Bible, Telemaque, 2016

Mortels cocktails, Le Masque, 2017

A la poursuite d'Agatha Christie, Hugo & Cie, 2018

Sur la piste de Sherlock Holmes, Hugo & Cie, 2019

訳者あとがき

　「おいしい食べ物とは、自分を愛してくれる人が心をこめて用意したもの」。小説『ハイジ』をつらぬくヨハンナ・シュピリのこのメッセージは、今日でも色褪せることはありません。たとえ自分ひとりのためにでも、丁寧につくったものは何よりのごちそうだと思います。

　ハイジといえば、日本のアニメ『アルプスの少女ハイジ』のテーマソングや名場面を思い浮かべる人が多いのではないでしょうか。原作の邦訳はありますが、物語や作者についての解説書はごくわずかです。本書の「まえがき」を読んで、「ハイジがおばあさんになるまでの物語だったなんて初耳！」と思った方もいるかもしれません。でも実は、これはフランス語への翻訳を担当した人が書いた後付けのお話なのです。そんな続編の背景も含め、本書は原作世界への扉を開いてくれます。さらに、物語に登場する料理とお菓子がレシピ付きで紹介されています。1冊にふたつの楽しみ方があるという、ハイジ関連の本ではおそらく初の趣向でしょう。

　アニメを通して物語の内容は知っていましたが、今回初めて原作の日本語版を読みました。他人の苦しみや悲しみに敏感な主人公は、大切な人たちの幸せをいつも願っています。無邪気で素直な女の子が発する言葉の深さに、たびたび涙してしまいました。

　各レシピに添えられた引用文には「その後のハイジ」の場面もたくさん出てきます。フランス語圏で親しまれた「青い表紙のハイジ全集」は、いまでは古書扱いになっています。なかには邦訳が復刻されている本もあるそうです。

　料理の写真は、都会篇を除けば、どれも手づくりの素朴さを伝えています。なお、日本では珍しい材料については、別の食材で代用できる場合には補足してあります。とはいえ、通信販売で入手できるものもありますので、オリジナルのレシピに忠実につくりたい方は調べてみてください。料理やお菓子作りに慣れていない方も、これならつくれると思うものがあれば、お気軽に試してみてはいかがでしょうか。

　本書の翻訳に際して、原書房の大西奈己さん、株式会社リベルのみなさんにいただいたご助言に心より感謝申し上げます。

2023年10月　金丸啓子

イザベル・ファルコニエ（ Isabelle Falconnier ）
ジャーナリスト、文芸評論家。1970 年スイスのヴヴェイに生まれる。雑誌などにコラムを寄稿するかたわら、2011 年から 2018 年までジュネーブ・ブックフェア会長を務め、2015 年からはローザンヌ市の書籍政策代表に任命されている。2023 年 7 月、スイス記者クラブ会長に就任。

アンヌ・マルティネッティ　（ Anne Martinetti ）
編集者、作家。1969 年フランスのニースに生まれる。推理小説の翻訳者、出版社の編集長を経て、推理作家が小説に登場させた料理に注目するようになる。作家や小説にまつわる料理本をこれまで 30 冊近く刊行。日本では『アガサ・クリスティーの晩餐会 ミステリの女王が愛した料理』（早川書房）が出版されている。

金丸啓子（かねまる・けいこ）
フランス語翻訳者。大阪外国語大学卒業。訳書に『［ヴィジュアル版］消滅危機世界遺産』（原書房）、『共犯者』（早川書房）、『カール・ラガーフェルド──モードと生きて』（共訳、早川書房）、『［フランス発］美の研究──人は見た目で得をする』（パンローリング）、『０番目の患者──逆説の医学史』（共訳、柏書房）など。

Isabelle FALCONNIER, Anne MARTINETTI : "À TABLE AVEC HEIDI"
© Éditions Favre, 2022
Photographies culinaires : © Lisa Ritaine
This book is published in Japan by arrangement with Les Éditions Favre,
through le Bureau des Copyrights Français, Tokyo.

アルプスの少女ハイジの料理 帳

●

2023 年 11 月 4 日　第 1 刷

著者……………イザベル・ファルコニエ
　　　　　　　　アンヌ・マルティネッティ
訳者……………金丸啓子
装幀……………和田悠里
発行者…………成瀬雅人
発行所…………株式会社原書房
〒 160-0022 東京都新宿区新宿 1-25-13
電話・代表　03(3354)0685
http://www.harashobo.co.jp/
振替・00150-6-151594
印刷・製本………シナノ印刷株式会社
©Keiko Kanemaru 2023
ISBN978-4-562-07349-8, printed in Japan